湊　かなえ

绝唱

〔日〕凑佳苗 著　冷婷 译

北京联合出版公司
Beijing United Publishing Co.,Ltd.

图书在版编目（CIP）数据

绝唱 /（日）湊佳苗著；冷婷译 .—北京：北京联合出版公司，2017.11
ISBN 978-7-5596-1065-2

Ⅰ．①绝… Ⅱ．①湊… ②冷… Ⅲ．①长篇小说—日本—现代 Ⅳ．① I313.45

中国版本图书馆 CIP 数据核字（2017）第 248441 号

著作权合同登记　图字：01-2017-6749号

绝　唱

作　　者：〔日〕湊佳苗
译　　者：冷　婷
责任编辑：牛炜征

北京联合出版公司出版
（北京市西城区德外大街 83 号楼 9 层　100088）
河北鹏润印刷有限公司印刷　新华书店经销
字数 145 千字　880 毫米 ×1230 毫米　1/32　8 印张
2018 年 3 月第 1 版　2018 年 3 月第 1 次印刷
ISBN 978-7-5596-1065-2
定价：39.80 元

·目录·

乐园 1
约定 74
太阳 142
绝唱 201

KOBE

十岁生日过去一个月后的那天，我第一次和父母一起造访了祖父母及妹妹长眠的神户灵园。

他们已离世五年之久，虽然父母每年都会来祭拜，但从未带我来过。从家出发搭新干线到神户灵园要花三个小时，不过这不是他们不带我来的理由。事实上，他们是担心灵园会唤起我心中关于震灾的回忆。

母亲说这次之所以带我来，是因为我目前暂未出现心灵创伤性的症状，每天都在健康成长。但最真实的原因，应该是我没有再说那些奇怪难懂的话吧。

——雪绘，这就是毬绘的坟墓噢。

眼前气派的陵墓旁，有一座刻有地藏菩萨的小型陵墓。刻有“毬绘·享年五岁”字样的墓碑映入眼帘，我不禁吸了口气。我一直以为妹妹和祖父母躺在一口棺木里，殊不知父母竟为她建了座这样的坟墓。

出生时，我并非独自一人来到这世上。父母这对在冬日的北海道邂逅的夫妻，给他们孕育而出的双胞胎姐妹分别取名为毬绘和雪绘。毬绘好胜心强，雪绘温和敦厚。

两姐妹从不吵架，形影不离，直到那一天……

受阪神·淡路大地震的影响，父亲位于神户的老家全被震坏，房屋烧得片瓦不留。搜寻人员从烧毁的残垣断壁中发现了祖父母及五岁女孩的遗体。

那天不幸罹难的女孩是毬绘。

身为儿童心理学教授的母亲没有跟我说诸如“要连毬绘的份一起好好加油”的话，因为每个人为了自己的人生已然努力得精疲力竭。

——雪绘只要以雪绘的风格活下去就好。

我常常用这句话鼓励自己，但我连抬头挺胸自报家门的自信都没有。所以，我必须去。

为了成为我自己，我要去乐园。

★

雪绘消失了一周。

她本该睡在我身旁，可一睁眼却不见她的踪影。

上午八点有堂课，难道她是去上课了吗？可是我印象中并没听见闹铃响，那家伙是个很难早起的瞌睡虫，即便有时必须八点起床，她也一定要把闹铃声调到最大才行。拜她所赐，我常常被同时吵醒。

按照惯例，每次都是我先起床再喊醒雪绘，那今天是怎么回事？我看了眼被炉，除了五个发泡酒空罐以外，并没发现留言条。手机也没收到任何联络短信，难道是我做了什么令她恼怒的事吗？

我想起了昨夜的对话，那家伙虽无几样特长，做的咖喱倒是美味十足，我们一边吃着咖喱，一边闲聊她马上就要过生日的事。“如此一来，你就可以正大光明地喝酒啦！不过要是犯罪的话，就会被报道真名，今后你必须为自己的名字负责噢。”或许我仗着自己比她早三个月满二十岁的身份说了些自以为是的话，但她不至于为此生气吧？更何况我还很大方地表示，愿意用自己兼职的工资给她买礼物。

这种情况下，不太擅长表达内心想法的家伙最棘手。

不，应该是我想太多了。我对雪绘平日里的行踪并非了如指掌，正因为不清楚才不会陷入不安。我们已经交往了三年，即便清晨有事突然要回父母家，也不会特意叫醒对方报告。

一想到这里，我悬着的心瞬间落了地。渐渐地，我又进入了梦乡。

接近晌午时分，我睁开双眼，发现手机收到了一条短信，发件人正是雪绘。

——因为急事，我得回趟老家哈。

是不是亲人遭遇不幸了呢？她是半夜收到短信，匆匆忙忙赶回去的吗？尽管我很好奇到底是什么急事，但所幸眼下知道了她的行踪。

然而，那家伙并没有回老家。

得知这一情况是在数小时后。高三同班同学发短信邀请我参加班主任和生活课老师松本的结婚庆典，并让我转告雪绘。我想电话通知她，可不曾料想的是，她竟然关机了。我猜想她或许有事去了医院，关机后忘记开机，于是就给她老家打电话。听着“嘟嘟嘟”的等待音，我暗自祈祷接电话的人最好别是她那在大学当教授的母亲，可电话那头事与愿违地传来了教授的声音。

——雪绘不在这里噢。

听上去教授不像是在撒谎。当我自报完家门，她便立马想起了我。“哎呀，你不是雪绘美术社的同学吗！你现在做什么呢？”她询问道。看来教授并不知道我和雪绘交往的事，我如实相告想通知雪绘参加班主任的结婚庆典。她随即放下警戒心，追问道："那需要我告诉你她的手机号吗？"我还未来得及答复，她就自顾自地把我通信录里已保存的雪绘的号码报给了我。道谢后，我挂断电话，再一次拨了雪绘的手机号，依然没能接通。

她到底跑到哪里去了？而且对我说谎。

虽然我有雪绘住处的钥匙，但从未在她不在家的时候进入过。因为那家伙也不会无缘无故地这样对我。私下翻看她抽屉这件事更是绝不可能，即便那家伙在我身旁我也不会这么做。但现在情况紧急。

雪绘的单室房间收拾得干净利落，哪怕是常年不收的画具，也都被有条不紊地堆放在房间的一隅。此外，关机的手机就放在桌上。眼前的这些场景，简直就像她不会再回到这个屋子一样。

"会不会发现什么线索呢？"

我打开书桌抽屉，确认书架，巡视房间——什么也没找到。

画！作为礼物，我曾画了一幅五号大小的画赠予她。怀着惴惴不安的心情，我再次打开抽屉。我们的高中毕业旅行地是中国台湾，因为要出国，我俩都办了护照，而前阵子我正好看见她将做完公证的护照收进了抽屉。

然而，现在护照不见了。

KINGDOM OF TONGA / TONGATAPU ISLAND

汤加首都努库阿洛法所在地——汤加塔布岛，是汤加王国面积最为辽阔的岛屿，飞机抵达位于岛屿南面的法阿穆图国际机场，我看了眼在机内调好的手表，现在是当地时间凌晨两点五十分。走出机舱，黑暗中的零星光点瞬间映入眼帘，不远处的建筑有如农村小学的体育馆。

这就是国际机场？我一步步走下楼梯，然后跟随其他乘客一起走向航站楼。顺便说一下，走在我正前方的乘客是一位高个子白人男子。我们刚踏进航站楼就要接受入关审查，而审查我的人是一个看上去如相扑力士般身强体壮的女工作人员，她操着一口上课时常常会听到的接近罗马拼音的英语声调，简单地问了我几个问题。我用不太流利的英语回答说我是从日本过来旅行的，听完她即刻盖章放我入关了。

取出行李，走出航站楼，外面安静得令人心惊胆战。汤加的本国人一个个纷纷走向位于航站楼旁的停车场，想来应该都是有接机的吧。看似游客的人们，也全都钻进了酒店的接送巴士。

我——没有订宾馆。因为从新西兰飞到这里只需三个小时，虽然是半夜抵达，但再过三小时天就亮了，我认为为此多花一晚上的住宿费太过浪费。但这里比新西兰落后多了，凌晨的新西兰机场依旧灯火通明，人来人往，即便在机场过夜，也不会感到丝毫不安……

这附近别说住宿设施，就连盏灯都看不见。再过五分钟，估计机场里也会空无一人。难道这儿没有旅游服务中心吗？

正当我冲周围东张西望时，一位汤加男子突然冒了出来。这个人也拥有一副相扑力士的体格，他露出洁白的牙齿，笑着询问道：

“Siapani? Alu ki fē? ”

他是在说汤加语吗？我不但一个字没听懂，还被他手臂上的刺青吓了一跳。

“You go town? 10 pa’anga only.”

他的英语是个半吊子，但从他的言语间能大致判断出他是一名出租车司机，他想做我的生意。我想，或许去到镇上会比在这儿好很多吧？但大半夜一个人搭出租车，也是一件可怕的事。

时至今日，我才开始后悔自己没有事先做好计划，自以为到了总会有办法。要是提前订好酒店，此刻就会有人来接我了。站在一旁的出租车司机仍在絮絮叨叨讲个不停，他问我住哪家宾馆，我心想就是因为没订宾馆才无处可去嘛。

“你是日本人？”

身后有人搭话道，而且说的是日语。我转身回头，一位年纪与母亲相仿的日本女性站在眼前。

“是的。”

“你住哪里？”

“我没订宾馆。”

“果然是这样呀，以前偶尔也会遇到像你这样的日本人。虽然这里的治安很好，但还没好到能露宿街头的地步。我正好是开宾馆的，你要是不介意要不要去我那儿住？”

“……拜托你了。”

我的双脚已颓然无力。她一转身便迈步快走，我下意识地紧跟其后。那位出租车司机像是在说“太好了”似的，笑着冲我挥手道别。

方才走在我正前方的白人男子，正坐在停车场内的一辆白色厢式车内，给我带路的日本女人对他说了句类似“托尼，让你久等了”的话。托这位托尼先生的福，我总算能平安无事地度过今晚了。我在他身旁坐下，他露出友善的笑颜伸出右手，我怀着感恩的心同他握手相识。

“对了，我叫尚美。给，这是我的名片。你呢？”

尚美姐从驾驶座回过头来说。

“滨野……毬绘，片假名读作 Marie。”

我一边将她的名片收入挎包口袋，一边回答说。

“Marie？那你在这个国家说不定会遇到什么好事噢。”

尚美姐说完便发动了厢式车。

说不定会遇到什么好事噢。

我听见有人“咚咚咚”的走路声，就在我差点儿喊说“吵死人了，裕太”的时候，我清醒了。裕太不可能出现在这里，因为这里是汤加。我摇了摇睡意沉沉的脑袋，然后环顾四周。

一到宾馆，尚美姐就递给我床单，并把我带入二楼最靠外的房间。当时走廊里只有一盏灯亮着，所以我没看清这座宾馆的构造及室内光景。我将床单铺在离门最近的床上，躺下的下一秒便失去了意识。

这个房间好像是多人间，屋里摆了四张床。一个六七岁的日本小女孩正在房内来回奔跑，而看上去像是她母亲的人正在里侧的床上昏睡。走出房间，隔壁就是聊天室。室内摆有椅子及书架，书架上罗列着好些本日本小说。走下楼梯，宽敞的公共厨房及餐厅映入眼帘，托尼先生正在吃早餐。穿过餐厅，一个与我大约同岁的汤加女孩正在前台大门旁扫地。

“那是在我这儿工作的梅蕾，也是我老公的侄女。”

尚美姐从前台后方的房间里走出来说。

“睡得好吗？”

“很、很好，睡得很香。”

“今天的行程定好了吗？”

“我想去哈派群岛转转。”

“今天没有飞机噢，你还真是喜欢说走就走呢。我们宾馆也有导游行程，你要体验看看吗？”

“那就拜托你了。”

虽然无法弥补我的冒失，但我还是老老实实地低头行了个礼。

由尚美姐掌握方向盘的厢式车，正行驶在椰子林中。这是座由珊瑚礁连接形成的珊瑚岛，岛上地势平坦，没有山脉。穿过椰子林，一大片晴空从头顶延伸至天际。

“毬绘，你是大学生吗？”

“是的，现在上大二。”

“会汤加语吗？哪怕一点点。”

“完全不会。不过，这里也说英语吧？”

“看来你事先调查过呢。那你会说英语吗？”

“大概只有初中水平。”

“那你岂不是离不开字典了？啊，对了，现在只要有手机，就什么都不怕了吧？”

“……惨了。”

我没带手机，因为我不希望任何人知道我来这里。既然没有手机，那就必须带本字典喽。然而，包括转机地新西兰在内，我一路几乎都在说日语。

“真好呀！明明看上去一副文质彬彬、认真严谨的样子，没想到竟是如此随性而为。你在日本应该很辛苦吧？”

其实并不辛苦，因为我就是一个文质彬彬、认真严谨的人。

厢式车停泊在一个很像空地入口的地方。

“好了，到了噢。”尚美姐说。

我们下车后稍稍走了一段路，眼前突然出现了一个类似石砌牌坊的东西。

“这是毛依三石塔，是块高五米、宽六米的石灰石。听说古代把它当日历使用。”

尚美姐像导游般为我讲述景点。三石塔旁，两位汤加女性正在推销用贝壳及椰子壳制作的民俗工艺品。

“Mālōe lelei! ”

忽然，她们微笑着搭讪道。这听上去也像是汤加语。

“她们在说什么？”我问尚美姐。

“在汤加语里，马洛耶蕾蕾是你好的意思。往后在其他地方你也会常常听到这句话噢。毬绘你也说说看？”

“……马洛耶蕾蕾？”

“Yo！”

我的声音分明听上去像是在喃喃自语，而尚美姐却亲切地应了一声。我心里痒痒的，美到不行。我到底是为了什么来到这里的呢？我差点儿就忘了自己来这个国家的目的。

这时，厢式车停在了附有峡湾的海边，海面沉稳平静，附近立有一块石碑。

“这里呀，就是库克船长登陆的地方噢。因为汤加人很和蔼，所以他一回到英国，就向英国人介绍说这个国家是个友善之岛。”

“友善之岛？”

“这点，你很快就会亲身体会到啦。”

尚美姐自信满满地说。

峭壁和白沙滩的对面是一望无际的海平面，这里位于太平洋正中间，让人不禁感慨地球确实是圆的。

“鸽子门岩洞，导游书上说这儿是汤加景色最美的地方噢。”

“汤加最美？”

不过，这不是那个地方。

接下来，尚美姐带我游览了霍马海潮洞，如同阳台般的峭壁一直向前延伸，据说有三十千米远。每当太平洋汹涌澎湃的海浪拍打过来，便会到处激起壮观的水柱。我还是第一次见到如此壮丽的海景，它不禁让我回想起前几日刚在神户灵园见到的平静安详的大海。

“毬绘，你真是太幸运了！今天算是来对了，这里很久没有如此壮观过了。”

尚美姐用不输给海浪的声音说。大海有很多种模样，不过我要找的也不是这里。

我们一到哈塔福海滩，尚美姐就说：“差不多该吃午饭了吧。”汤加塔布岛的西部海岸有白色沙滩和碧海蓝天，非常接近我的理想。

在一家白人夫妇经营的露天咖啡馆里，尚美姐为我和她分别点了一个汉堡包。餐盘内盛有巨大的汉堡和几乎快要溢出来的薯条。我很讶异这竟然是一个人的量，但一想到这个国家的人的体形，也就觉得可以理解了。我张大嘴巴，狠狠地咬了口比脸盘还要大的汉堡包。

“我个人很喜欢这片海滩，安静漂亮，你不觉得吗？”尚美姐说。

被汉堡包塞满嘴的我颔首。

“而且呀，这里的夕阳超级美丽噢。”

“夕阳？”接话前，我先咽下了嘴里的汉堡。

“是呀。红彤彤的太阳从海平面沉落，你见过吗？”

我默默地摇摇头。对了，这里是西边。

吃完饭后，我们继续看了会儿海。海浪声很是让人心情愉悦。

尚美姐将纸钞递给白人太太。

“这次我请你。”

“那怎么好意思呢。”我急忙从钱包掏出纸币。

“你明明半夜才到这里，竟然还换了钱呀。”

“啊啊，这是我在新西兰机场换的。”

我是到了新西兰之后才知道，汤加的流通货币是“潘加”，一潘加大约是六十日元。每张纸币上都印有汤加国王的脸，五潘加是紫色，十潘加是蓝色，所以可以通过颜色来区分货币面额。

“不过，你竟然没订酒店耶。”

尚美姐苦笑着说。

厢式车行驶在稍微修整过的道路上，一驶入市镇，便能看见汤加小朋友在外玩耍的场景。不可思议的是，他们都不胖。那这里的人是从什么时候开始突然发福的呢？

厢式车开始减速。

“毬绘，你看外面的树。”

透过敞开的车窗，我看见斜前方有棵枝叶繁茂的大树。

“这棵树有什么特殊的意义吗？”

“仔细观察，你会发现那不是树叶。”

我定睛凝视。

“是蝙蝠！”

看上去像树叶的东西，原来是上百只蝙蝠啊。当我看清真相后，瞬间觉得超级怪诞、恶心。

“这是卡瓦伊村的蝙蝠。如此一来，汤加塔布岛的景点我们就差不多都逛完了噢。这座岛很小吧？我们准备回街区去吧？”

尚美姐说完，便踩下油门开始加速。从车窗挤入的凉风吹得人心旷神怡，我默默地望着窗外的风景。虽说要去街区，但路边的风景几乎无异。

途中，我注意到一件事。

“尚美姐，这个国家的教堂怎么这么多呢？”

我们每走一段路，就能看见一座市镇小教堂。

“因为百分之九十九的汤加人都是虔诚的基督教徒呀。虽然教徒间各有教派，但这个国家的人全都相信上帝的存在。”

上帝。我将手轻轻搭在挎包上。

建筑开始逐渐增多，但几乎看不到高于两层楼的房子。稍稍往前开，映入眼帘的是一大片杂草丛生的旷野。正在那边打垒球的人是日本人吗？

“你知道国际志愿队吗？”尚美姐问。

“我的高中老师就是参加志愿队来到这个国家的。”

“是吗，哪位老师？”

“松本老师。”

“原来你是她的学生啊？原本我还担心，你一个女孩子淡季跑来这里旅行是不是有什么烦恼，现在放心多了。”

原来我让人替我担心了呀。不，我不能流露出这种情绪。

右前方出现了偏东方气息的建筑物，左侧是一个立有石像的广场。

“你的右手边是汤加大教堂，是不是觉得有点儿不可思议呢？左手边是王陵。”

就在尚美姐为我解说的当下，厢式车驶入了两旁商店林立的大道。

“这里应该是最繁华的街道吧？银行、邮局、超市……与方才去过的村落相比，多出了很多设施。你有没有觉得作为首都，这里还蛮落后的？”

我确实深有同感。我的老家虽连地方县市都算不上，可比这里更像城镇。明明是首都，却四处洋溢着悠闲的气氛。而且，连一座类似游戏中心的娱乐设施都没有，那休息日的时候，汤加人都会做些什么呢？

厢式车从市场前方穿过，在主干路奔驰了一小段时间后，“Naomi’s Guest House”的招牌出现在眼前，这是一座具有殖民式风格的奶油色两层小楼。

漫长的一天总算快要落幕了。

我在位于前台后方的尚美姐的屋里享用了一顿汤加料理。

主要菜色有：蒸芋头、椰奶炖芋头叶、腌牛肉和木瓜。因为以前没吃过，所以觉得味道还不错，但要是每天都这样吃，估计不太能接受。尚美姐为什么要在汤加开宾馆呢？尽管我很想问她，但我怕她同时反问我为何来汤加。

走出房间，开始结算住宿费和导游费。我一共带了两个钱包，首先将一天要用的费用放在干净的钱包里，再将其他钱财塞入破旧的钱包里。毕业旅行时，裕太就是这样做的。

这时，清晨撞见的那对与我同室的母女也进来了。

只见那个母亲身穿一条无袖连衣裙，头戴宽檐遮阳帽，一副墨镜架在鼻梁上，从头到脚都是南国度假风装扮。可小女孩却穿着皱巴巴且发黑的 T 恤和短裤，吃着手里的袋装点心。

托尼也跟她们一起来了。

“哎呀，你们回来了呀，阿塔塔如何？”

尚美姐向他们搭话道。

“还可以吧。不过，总算有种在度假的感觉了。”

那个母亲用关西腔回答后，将视线移向我。

“这是那位半夜来的客人？”

“是的，她叫毬绘。”

我微微点头示意寒暄。

“你好，毬绘小姐。我叫杏子，杏树的杏。这孩子叫花恋，是一个恋上鲜花的五岁小女孩。我们母女二人正在度假中，是不是很优雅？”

她的自我介绍很像江湖艺人，杏子看上去还蛮优雅的，可是……我看了眼花恋，她正蹲在可以穿鞋踩踏的地上，将沾有油渍的手在T恤正中央擦拭几下后，直接摸了摸右脚脚背上的小伤口。而且，她连鞋子都没穿。

“花恋妹妹受伤了。”

“因为她来这里后就一直打赤脚呀。没关系，没关系，睡觉前妈妈都给你贴了创可贴的对吧，花恋？”

花恋微微点点头。

“尚美姐，我明天想去离岛那边看看。”

“是去瓦瓦乌吗？”

“去哈派。”

“那可以和毬绘一起噢。真是太好了，杏子的英语很流利，你要是有想去的地方，可以让她带你去噢。”尚美姐对我说。

可以的话，我倒是希望自己一个人去哈派。原本我就打算不靠任何日本人，只凭一己之力去我想去的地方，也许找遍全世界也没有这种地方吧。

“那就拜托你了。”我向杏子低头行礼。

“不要这样拘谨嘛。”

杏子哈哈大笑着说。花恋正用她那残留油渍的手揉搓着困倦的双眼。

我、杏子、花恋、托尼四人从宾馆搭乘出租车出发了，我坐在副驾驶座上，一回头，看见杏子和托尼正手挽手坐着。

“毬绘，你为什么穿这么多呢？”

身穿吊带衫和短裤的杏子，毫不避讳地问道。她所谓的多，也只不过是一件薄薄的长袖衬衫及一条及膝牛仔裤罢了。

“因为我怕晒黑。”

我冷淡地回复道。杏子则毫无兴趣地“哦”了一声，继而开始和托尼低声谈论起来。她的发音很标准，我不禁暗自感慨，人真是不可貌相啊！花恋仍然穿着昨天那件 T 恤，默默地望着窗外。

“虽然这里什么都没有，但也没小到偶尔撞见熟人的地步啊。”

当杏子用日语如此嘀咕时，出租车正好抵达机场。

这座机场给人的感觉，就像是在椰子林正中央砍掉适量的椰子树后搭建起来的，而半夜抵达这里，却像是很早以前的事了。

下了出租车，我们开始办理登机手续。

柜台的服务人员突然让我站到旁边的电子秤上。我犹豫半日，怀疑是自己英语太差理解错了。

“毬绘，站上去。”

在隔壁窗口办完手续的杏子对我说。

“是让我站上去吗？不是包包？”

“他们说要根据体重选择座位，是不是觉得不可思议？”

杏子似乎因没能和托尼坐在一起而感到不满。我站上秤，和称行李重量一样，我的体重显示在屏幕上。负责测量的汤加人在小纸条上写下座位号后，将小纸条递给我。我的座位挨着托尼，明明我和杏子的体形差不多，为何会这样呢？

然而，汤加机场这种粗枝大叶的行为还有一大把。

我们走出简陋得如同逃生出口般的国内线登机门，一架小型螺旋桨飞机映入眼帘。和抵达时一样，我们需要步行到机身旁。

我眺望着铺展在椰子林上方的蓝天，心想今天天气也很好呢。

“妈妈，这架飞机仿佛会掉下来噢。”

这是花恋第一次开口说话，可她说的话竟然是这句……我边想边看了眼飞机，下一秒便发现了令人不寒而栗的东西。杏子看着同一个地方对我说：“真的会掉下来呢。毬绘，你看，是胶带耶。”

“嗯……”

我们眼前的飞机机翼根部缠了好几圈胶带，这到底是在修什么故障？这样贴贴就可以了吗？不过，比我重两到三倍的汤加人，全都不以为然地登上了飞机。

刻意向托尼撒娇的杏子和我换了座位，她牵着花恋的手上了飞机。

汤加大致可分成四个区。

面积最大的地区是首都所在地——汤加塔布岛，一座珊瑚礁岛，最高的地方是一座海拔达三十米的山丘。著名的景点就是尚美姐带我游览的那些地方。

紧接着第二大地区是瓦瓦乌岛。以游艇港名扬海外，与汤加塔布岛不同的是，这里极具南国岛屿风情，配有度假酒店，还能观鲸。

哈派群岛位于这两座岛屿的中间地带，是诸多零星散布的小岛。而且值得庆幸的是，这里几乎没被开发。

最后一个是埃瓦岛。这是一座火山岛，位于汤加塔布岛附近。虽然设有山林散步路线，但也没被过度开发。

为了有一天来汤加，我做了以上调查。但比起这些，或许我更应该准备的是多学点儿英语。

我将手轻放在挎包上。

透过机窗，能看见无数座由珊瑚礁形成的小岛正漂浮在蔚蓝的海面上，它们不禁让我联想起了小短剧里登场的无人岛。稍微有些脱落的胶带，正迎风“啪嗒啪嗒”作响。

要是没有这些胶带，那定是一段美妙的旅途。

花恋吃着和昨天一样的袋装点心。如果是我母亲看见我在外面这样没修养地吃东西，一定会摇头叹气。这时，花恋开始用她沾满油渍的手玩弄贴在右脚脚背上的印有维尼小熊图案的创可贴。而身后传来的是杏子爽朗的欢笑声。

虽说是母女一起度假，但开心的只有母亲而已。

★

由于我们公立高中只有户外游泳池，在高一那年的秋天，我加入了美术社团。之所以加入，当然也是因为很擅长画画。与我同届的社员还有滨野雪绘。

性格认真温和的她虽与我同班，我们却从未交谈过。她的长相正如其名，白皙有灵性，是我喜欢的类型。可当我怀着些许期待对她说“请多多指教”时，她却冷淡无情地回了句“画画是一个人的事”。

这家伙是怎么回事？——尽管我很窝火，但发现她的画与她给人的印象截然不同，对她的好感也因此得以维持。往好了说，她的画强而有力，生机勃勃。往不好了说呢，就是粗枝大叶，不拘细节。我想，这会不会才是她真实的性格？我找了很多话题向她搭讪，但她每次都冷冰冰地闪躲开。不过，她躲的人不仅限于我。

她之所以与旁人保持距离，是因为左臂上的烧伤。

虽然我没有亲眼见过，可同学全都知道她身上有烧伤的疤痕。为此，她还在大夏天穿定制的长袖制服，也被允许不用上游泳课。她是在地震时被烧伤的，但凡有人敢取笑她，她那在大学担任教授的母亲就会飞奔到学校来。

在女同学的眼里，这位仿佛高人一等般享有特殊待遇的女生，应该会被嫌弃吧。高二那年的六月，就在制服开始换季后的几日，三位同班女同学以有事找她商量为由，把她叫到了泳池边，然后直接将穿着制服的她推入了泳池。

因社团活动，那天我也去了泳池，一到那儿就看见那三个女生正在用手机拍摄她落水的窘样。这群家伙见到我后，不仅没有流露出丝毫的罪恶感，甚至还幸灾乐祸地指着呆站在泳池里的她，呼唤我过去一同围观。

我夺过这些家伙的手机扔入泳池内，将雪绘拉上岸后，带她去了美术社团的教室。池边只剩恶作剧女生们的哀号声，如同世界末日般悲壮。

在将雪绘拉出泳池时，她制服的衣袖被撸至手肘间，左臂上的烧伤疤痕一览无余。这道伤痕看上去远比想象的还要疼痛，我为自己不小心窥视到她的隐私而深感抱歉，但我并没立即移开视线。

在社团教室换好运动服的她，不仅没有委屈痛哭，反倒还跟我说了声谢谢。

“要不要向老师报告？”

“不用了。如果被家里知道的话会很麻烦，绝对别跟老师提起。”

“真的没关系吗？”

“没关系。反正你都帮我把她们的手机扔进水里了。”

那是我第一次看见她的笑颜。

从此以后，我们渐渐开始交谈。临近圣诞节时，我们的交情已经到了相互交换礼物的程度。我跟她说我想要她亲手织的围巾，她却毫不隐讳地摆出一副压根儿不想织的神态说：“你竟然要这么费工夫的东西噢？”不过最终她还是答应了。作为交换，她希望我画一幅画送给她。

“裕太的画质很纤细，所以我还蛮喜欢的。”

这句话对男人而言似乎并不像褒奖，但我认为能画一幅画送她做圣诞礼物是一件超级炫酷的事，于是当下就爽快地同意了。我琢磨着要不要取她名字的含义，送她一幅雪景图，说不定还能喜得香吻一枚。

然而紧接着，她连画的主题都指定好了。

“主题是乐园。我喜欢南国海岛的画，要绝对不会下雪的地方的画。”

她是看透了我的小心思才故意抢先拆我的台吗？不过没关系，南国海岛的画照样有机会博得她的欢心，因为主题是“乐园”嘛。

接下来我花了半个月的时间作画。我找来南国海岛的照片，本打算直接依葫芦画瓢，但权衡毕竟是要送给她的礼物，还是不要把别人眼中的景色画进去为好。首先画大海，然后画天空，重点在于蓝色。作画期间迎来了她的生日，不过她说无须送她生日礼物，于是我将精力全都聚集在了这张五号画布上。

随着毕业典礼的举行，没过几天便是圣诞节。

“看上去没有多大嘛。”

她接过包好的画，神情中夹杂着些许失落地说。

“没有啦，我花费的时间和大尺寸的画差不多噢。”

我边说，边将织眼蓬松且绕了三圈还有富余的围巾围在脖子上，她则小心翼翼地打开包装纸。看到画后，她什么也没说，只是一个劲儿地盯着画面。我不知该如何是好，就在坐立难安之际，她嘟哝了一句："好想去这儿呀。"接着，她热泪盈眶地向我说了句"谢谢"。

此后，每当被人问起是什么时候开始跟她交往时，我都会说缘分起始于这一天。

我四处搜寻知名摄影家的南国海岛摄影集，试图找到与这幅画相像的地方。可遗憾的是，一处也没有。

我想，这应该就是一个空想出来的地方吧，一个实际上并不存在的地方吧。渐渐地，我放弃了寻找，然而……

学期末最后一堂生活课时，松本老师给我们放了一段她在国际志愿队工作时拍摄的录像带。通过这盘录像带，我们头一回知道原来老师去过这种地方，原来世上有个国家叫汤加王国。起初我以为这个国家位于非洲，后来才得知是在太平洋正中央的小岛上。

录像带播完当地高中生上课的情景后，突然跳转到了一群女生身穿民族服饰载歌载舞的画面，屏幕中的女生个个身材高大，配合舞蹈的背景音乐颇具夏威夷风情。后来，画面转换至教堂、市场。我心不在焉地观看着，抽个间隙转眼看了她一下，发现她正兴致勃勃地盯着屏幕。

松本老师暂停录像带后，说："刚才你们看到的画面是我曾经工作过的汤加塔布岛，也是首都努库阿洛法的所在地。接下来要播放的是我珍藏的片段，原本不打算给任何人看，但看在你们这一年来表现乖巧的分上，我特别照顾放给你们看噢。影片的拍摄地是我寄宿过的哈派群岛。"

画面中出现的是碧蓝的大海、白色的沙滩……这是——

"当夕阳沉入海面的瞬间，地面……"

我和她的视线不约而同地交会在一起，她的嘴唇微微颤动了一下。

乐·园。

屏幕中的画面，与我画的画简直一模一样。

HA'APAI ISLANDS / LIFUKA AND FOA

如果说汤加塔布岛的机场是体育馆，那哈派群岛利富卡岛的机场就是体育馆仓库。

我们搭乘出租车前往海岛中心地带。出租车的车身上写有"甲子园驾校"的字样，这辆出乎意料的日本二手车不禁令我有些欣喜。一旁的杏子也开心地说："我有个朋友就是在这儿学的开车。"

汽车的右边是白沙滩，左边散落着几座小村庄。

“这里真是什么都没有呀，还是应该去瓦瓦乌才对。”

原本兴高采烈的杏子，在连续看了好几段雷同的景色后，渐渐开始发起牢骚。托尼一路都笑眯眯的，不知为何事开心。

出租车司机是位汤加大叔，他时不时用英语和汤加语同我聊天。汤加语的发音是罗马拼音，大叔的英语发音也是罗马拼音，所以还算容易听懂。他的英语语法一塌糊涂，基本和我同一水平，因此我们的对话很自在。

大叔教了我几句简单的汤加语，例如“Siapani”的意思是“日本人”，“Alu kifē ”的意思是“去哪里”。

我们经过一处让人不由得在内心呐喊“这儿真的算商业街区吗”的地方后，不一会儿工夫便抵达了安杰拉宾馆。

穿过大门就是一张狭小的前台，有个汤加女孩正坐在里面。杏子和托尼一边小声用英语交谈，一边办理入住手续。我和花恋妹妹则坐在长椅上等待，不久杏子便拿着一把钥匙过来了。

“给，这是毬绘你房间的钥匙。花恋可以跟你一起睡吗？”

我觉得她从一开始就有这个打算。二话没说，我默默接过钥匙。

“啊，这儿的住宿费是三十潘加噢。”

我从挎包内掏出装有五十潘加的小钱包，抽出三十潘加交给杏子。

“毬绘，你要是有想去的地方可以自己去噢。这里还能租自行车。”

“好吧……”

我急匆匆地跑到自己房间，放下旅行包，背上挎包，将钥匙寄存在前台，然后办理自行车租赁手续。

如果杏子把花恋妹妹推给我带的话就麻烦了。

我骑着坐垫有些松弛的自行车，往主干道的方向行驶。利富卡岛的大路只有这条，那接下来要去哪里呢？我想起了在出租车上看见的那片白沙滩。

我试着向北边，即来的方向骑去。

虽说是主干道，却没有铺柏油路。每当车轮碾过凹凸不平的路面，坐垫就会被颠簸得自动往下滑。只要看见岔路口，我就拐进去探路，但始终没找到我想去的那个地方。

其中有好几次骑到路的尽头发现只是民宅，一路上都有汤加人向我亲切地挥手打招呼，尽管我们并不相识。看他们如此热情，我不禁有些羞愧，于是也开始用“马洛耶蕾蕾”回应他们。

转眼间，我已骑到利富卡岛的边缘。隔壁岛屿就在眼前，海面上有条看似一涨潮就会被淹没的小路，我沿着小路笔直前行。

突然感觉肚子饿了。

马路两旁时不时会蹦出一些类似车站小店的小房屋，汤加塔布岛也是此番风景，有点儿像便利店。我停下自行车，站在小屋前观察，柜台上摆有食品和饮料，内侧货架上则陈列了些卫生纸之类的日用品。

我向小屋里的汤加阿姨说了声“马洛耶蕾蕾”，然后指了指像是厚饼干的食物，阿姨回了句“马帕库帕库”。塑料袋内装有二十块饼干，一共六十美分。美分？看来这儿的流通货币不仅限于潘加，美元也是行得通的。

紧接着，我又指了指与日本市面上一模一样的罐装可乐，价格是一潘加。阿姨从里屋的冰箱里拿了瓶冷藏的给我。

我问她这座岛叫什么名字，她说叫“福阿”。能与她沟通顺畅真是太开心了。

离开小屋后，我一口气骑到了福阿岛的边缘。经过一路颠簸，自行车坐垫已降到最低位置，或许一开始我就应该把它调到最低。小岛的边缘是超级美丽的沙滩，但不是我要找的乐园。

我坐在空无一人的沙滩上，喝着可乐，吃了三块马帕库帕库，味道竟出乎意外地好。如果抹上果酱，不，抹上花生酱的话一定会更好吃。

眼前的大海宽广无垠，海水的颜色无法只用一个“蓝”字来描述。确切地说，应该是混合了各种蓝色的颜色。裕太是如何画出那种颜色的呢？不过话说回来，此时此刻我竟独自徜徉在太平洋的正中央，这里应该也算座乐园了吧。我优哉游哉地把手搭在挎包上。

突然觉得头顶很热，早知如此应该戴顶帽子来的。此时的太阳正好在我头顶，距离日落还有很长一段时间……对了，太阳会从哪边下山呢？

我真是个大白痴。

沿着来时的路，我一个劲儿地踩着自行车。终于，回到了利富卡岛。

正当我回头留恋海上小路之际，一辆卡车从我身旁驶过后停下。卡车的装货台面上坐着几个人，一位长得有点儿凶的汤加大叔，从驾驶座的窗户探出头来对我说："Alu kifē？"

我记得这句话的意思是："你要去哪里？"

"安杰拉宾馆。"

我一边往后退，一边回话道。

"Pick up？"

哈啊？我面露呆样，大叔指了指卡车的装货台面，坐在上面的人可能是大叔的家人吧。详细说来，是一位汤加女子和四位小朋友，他们全都在笑着向我挥手。

该怎么办？我确实有些累了，坐在装货台面上应该没事吧？万一有什么状况，我跳下来不就好了。

“...Yes, Please.”

听到我的回答后，大叔关闭引擎跳下车，然后从我手上一把搬起自行车，轻轻松松地将车子举到了台面上。如果我一直呆呆站立不动的话，估计会和自行车一样被举上去，于是我凭借自己的力气爬上了台面。上去后，我发现台面上铺有类似席子的东西。

孩子们全都在我对面靠着妈妈坐下，这时卡车发动了。

尽管只是升高了几米，风却变得很惬意。

大妈说她叫西欧西。

大叔叫特比塔，两个男孩一个是十四岁的西欧那，另一个是十二岁的黑玛，两个女孩一个是十岁的阿瑟娜，另一个是六岁的阿娜鲁佩。我没想到的是，大妈在介绍名字的同时还告诉了我孩子们的年龄。

不知大叔和大妈是多少岁，反正看上去很年轻。

“What is your name? ”

西欧西桑的英语发音特别标准，哦对，称呼外国人最好还是不要加“桑”这个后缀了吧。正因为太过标准，以致我很难听懂，分明是个很简单的问题，我却不由得皱起了眉头。

“Marie.”

“Malie? Sai! Good name! ”

西欧西很开心地褒奖了我的名字。不过她在念ri这个音时，说的不是r而是l，听上去和日语的发音一样。我想问她为什么觉得这个名字好，可就在我想着该如何用英语表达时，她立即又提了下一个问题。

“Are you Japanese? ”

“Yes.”

突然，孩子们开始欢乐地喊叫“西阿帕尼、西阿帕尼、西阿帕尼里耶寇”。

里耶寇[1]？难道是在说松本理惠子老师吗？不是吧，怎么会？

“Do you know Rieko? ”

西欧那像是察觉到了什么似的向我问道。他的英语发音也很地道，这不禁令我有些不爽。

我心想，这位西欧那同学，你知道日本有多少名叫里耶寇的人吗？汤加的人口是十万，因为人数太少所以相识的概率才高，但要换作在日本，这种事是不太可能发生的。

“Home-eco teacher.”

西欧那慢吞吞地说完后，又看着我的脸补充了句：

1 日语“理惠子”的发音是“Rieko”，音译后就是“里耶寇”。

"Understand? "

这种简单的英语我还是听得懂的好吧！不过要说是生活课老师的话，很有可能真的是松本老师，尽管我超级不愿意承认。

"美比，爱，喏。"

"Mo'oni? "

西欧西看似很开心地用汤加语说了些什么。

"She comes to Ha'apai with you? "

黑玛问道。这是汤加人英语的另一个特色，即在一般的句子尾部故意上扬音调，让陈述句变成疑问句。这对我这个日本人而言，听着还是蛮顺耳的。

"No."

别说哈派了，我就连汤加都没来过，而且现如今也不知松本老师身在何处。孩子们和西欧西露出了失落的神色。

这时，阿瑟娜用汤加语一个劲儿地冲我说话，她那不认生的笑颜看上去很可爱。言语间，她会时不时地提及里耶寇，看来一定是很想知道松本老师的事吧。

卡车开入闹市区附近时，西欧西冲一条比较宽敞的岔路指了指说："Our house."我记得再往前走有类似学校的建筑物。

"Tevita is the principal. Please come to our house."

西欧西笑着对我说。

“Thanks.”等说完，我才在想这句谢谢是不是说得很不正式。

我们搭乘的卡车没有拐向岔路，而是直接笔直地开向了闹市区，然后在安杰拉宾馆前停下。

特比塔帮我搬下自行车，等我从装货台面跳下，卡车便呈“U”字形转弯掉头。原来他们是特意送我回来的呀。

“Thanks!”

我一边朝他们挥手，一边大声喊道。西欧西和孩子们也都喊着“Alu a e”，向我挥手告别。就这样，卡车沿着来时的路向反方向折回。

“阿鲁·阿·耶”好像是“再见”的意思。那“谢谢”要怎么说呢？

我站在宾馆门口向里屋张望，似乎无人。

杏子他们跑到哪里去了？我看了眼手表，还不到下午四点，外面的日头还很耀眼。

我骑上自行车，开始向西边骑行。现在出发的话，说不定可以看见沉入海平面的夕阳。一想到这里，我忽然觉得很疲倦。不过……西边也不是乐园的所在地。

闹市区的中心似乎更偏向岛屿的西部，因此不到半小时我就骑到了海边。

再往前没有路，取而代之的是一大片椰子林，本以为“就是这儿”，结果却令我失望透顶。这里确实也有漂亮的沙滩，但岛的对面是另一座小岛，就地理位置而言，它会遮挡我观赏日落的视线。

看来，哈派群岛还真是没有想象的那么简单呀。

乐园会不会在对面那座岛上呢？可这里不像福阿岛，没有海上之路，就连船只和小舟也没瞥见。两座岛屿间的距离，即便退了潮也无法走到，所以或许那是座无人岛吧。

因为没能如愿以偿地等到日落，我只好垂头丧气打道回府。

抵达宾馆时，前台女孩正在门口扫地。我猜，她应该比我小一些吧，身材有些圆润，胸部很丰满，如果女生的体形能一直维持这种状态那该多好呀。

“Sai eva？”

她满面笑容地对我说，但我完全听不懂是什么意思。在外面折腾一圈后，我觉得身体疲惫，于是伸出软弱无力的手，对她说了句“Key”。她则歪着个头，好像在说：“嗯？”

“Little girl is sleeping.”

哈啊？这次换我茫然地歪侧着脑袋了。小女孩在睡觉？是指花恋妹妹！一股不祥的预感顿时涌上心头，我连忙跑回房间。

房门没有上锁，花恋妹妹正睡在双人床的一侧。或许是因为我开门声太突然、太剧烈吧，花恋妹妹扭动着身躯一下子坐了起来。

“姐姐，你回来了？”

花恋妹妹揉着惺忪的双眼说。

“抱歉吵醒你了，你妈妈呢？”

“妈妈和外国人叔叔出去了。”

“去哪里了？”

“不清楚，妈妈让我和姐姐一起等她回来。”

“这样子啊。”

一定是将孩子扔至一旁，自己跑到什么地方找乐子去了吧。明明都快傍晚了还不回来。

咦？我没有收拾好行李吗？放在床底下的旅行包竟然露出来了，拉链还被拉开了五厘米左右。我赶紧拉出旅行包，确认里面的行李。

“钱包！”

放在旅行包底部的钱包不翼而飞了，那里面可是装了我全部的盘缠啊！

我冲出房间，花恋妹妹，哦不，管他什么妹妹，反正她也跟过来了。汤加女孩依旧在打扫卫生，我借着满骨子的冲劲儿，一把抓住她。

“嘟、由、楼、威尔、椅子、喝、妈则？”[1]

女孩一边满脸惊恐地看着站在我身后的花恋，一边询问“威尔”[2]。

“Her mother? I don't know her mother, but Japanese woman went to Vava'u with her boyfriend.”

“瓦瓦乌？这到底是怎么一回事？！”

女孩一副茫然困惑的样子。而我却对当下的状况完全摸不着头脑，该怎么办呢？先不管这些了，我牵着花恋的手回到房间。

墙边的小桌上放有一个维尼小熊图案的帆布背包。打开背包，里面装了花恋三天的换洗衣物。这是她早就预谋好的！也就是说，她三天后会回来是吗？

可花恋现在还穿着昨天的衣服。

“姐姐，花恋好渴。”

花恋仰起头，看了看不知所措的我。

“我没有钱，所以没法给你买喝的啦。”

“可是我好渴……我喝水就好，请给我水。”

花恋开始低声抽泣。可尚美姐跟我说过，最好不要直接饮

---

1 该句对应的英语是：“Do you know where is her mother?”

2 该句对应的英语是：“Where?”

用自来水。

“去找你妈妈要呀！”

我故意刁难她说，然后移开视线。花恋立马大声哇哇地哭。

“别哭了！把孩子扔在这里不管，还卷走了我的钱包，帆布包里也只有换洗的衣服，你要我怎么办？你为什么不跟着她去呢？”

尽管我知道花恋只是个五岁的孩子，可我还是愤愤不平地说个没完。

“因为妈妈讨厌花恋呀。妈妈常常说要是没有花恋就好了。”

花恋抽噎着说。我也曾这样哭过。

——为什么是你！

那时的我与这孩子同龄。

“抱歉，其实最委屈的人是花恋吧。我们去买水吧。”

至少明天早餐的钱已经付过了，而且现在的我也没有穷到身无分文的地步。虽然没有钱飞回汤加塔布岛，但要是给尚美姐打电话的话，应该会有办法解决的。

“姐姐，对不起！”

花恋一直重复向我道歉说对不起。我真不该让一个五岁的小孩这样道歉，真是太无情了。小孩其实也没有必要如此拼命道歉，我伸出手，想要抚摩花恋的头，可她却顿时蜷缩起身子。

“花恋，你妈妈以前也会像这次这样突然出门不见踪影吗？”我一边试着化解眼前尴尬的局面，一边缩回想要抚摩她的手。

“嗯。不过花恋会看家噢。”

或许是她自己跑出去玩，为了不让花恋多想，回来后故意夸赞花恋很会看家吧。要是我母亲遇到杏子这样的女人，一定会很蔑视她，搞不好还会视作糟糕母亲的例子写入书里。

然而在我心里，母亲和杏子重叠在了一起。

混凝土建筑物的白色墙壁上用一根根蓝线装饰，透过窗户往里巡视，能看见一排排木制的长课桌，以及没有靠背的四方形椅子。此外还有黑板。这是学校的教室。走廊的尽头或许是教职工办公室吧，里面有一台台式电脑，电脑旁摆有两台打字机。再往里，能看见电话。

绕至建筑物背后，有栋与建筑物同色的木造房屋。

这就是住的地方吗？尽管空气中弥漫着甜甜的椰奶香味，却并没发现居民的踪迹。街上也是空无一人。

宾馆老板是位白人老头，我说我想借电话一用，他说他只有无线对讲机。不知是不是因为我的发音太不标准，就连“telephone”这个单词也要重复五遍，他才能听懂。于是，我默默地放弃了将事情向他和盘托出，并拜托他让我们在这里多住些时日的想法。

我就这样跑过来是否妥当呢？他们会不会觉得我很厚脸皮呢？怀着踌躇不定的心，我敲了敲门，随即身后传来卡车的声音，但下一秒声音便止住了。

“Malie!”

男孩从装货台面上跳下来。仔细一看，是黑玛。昨天的他是T恤与短裤的装扮，今天却穿上了带领子的衬衫和类似裙子的下衣，腰间缠着如同草席的装饰物。紧接着，所有人都从车上下来了。特比塔和西欧那也做了和黑玛一样的打扮，西欧西和女孩们则在图案漂亮的及膝连衣裙下又穿了件长度至脚踝的黑长裙，腰间绑着像是竹帘的东西。这是汤加的民族服，草席叫作塔瓦拉，竹帘叫作奇耶奇耶，好在我都提前预习过了。

“We went to the church.”

可能昨天就看出了我英语不太好吧，西欧西放慢语速简短地说。被提醒后，我才意识到今天是星期天——礼拜日。

西欧西没有追问我为何而来，她直接用其粗壮的手臂揽住我的肩膀，把我和花恋迎进了家中，整个过程看上去就像是对待预约好的客人般。

他们的餐厅很宽敞，墙上挂有很多照片，在这些照片里……

“松本老师！”

我不禁伸手指了指。他们口中的里耶寇果然是松本老师。

“She is our family.”

西欧西开心地说。

从教堂回来后，他们开始准备吃清晨做好的大餐。

我们一行人来到院子里。一块鼓起的地上残留着干椰子叶燃烧的痕迹，篝火的气味与椰奶的香气混合交融，浓重的南国海岛气息随风扑鼻。

换好便装的男孩们拿起铲子，扑灭火源，挖掉土壤，一个与花恋一般大小的大香蕉叶显露出来。揭开叶子，里面有大芋头及用铝箔纸包好的食物。这是汤加的传统料理——“乌姆”。芋头是只有南洋群岛才有的供住民食用的芋头，用铝箔纸包裹的食物叫作路普鲁，和我在尚美姐家吃的一模一样。

将食物端上桌，全员落座，特比塔开始祷告。大家双手相握，闭上眼睛。我轻轻戳了戳花恋，示意她跟大家一起做。

刚出炉的路普鲁甜中带咸，是南国小岛特有的味道。虽然裕太不爱喝椰奶，但要是换作这个，不，要是在这里的话，说不定就能接受了。花恋吃完一份又拿了一份。

当用餐时间接近尾声，我打算向西欧西借用电话，于是操着拙劣的英语口语，跟她讲述和他们分开后遇到的糟心事。

杏子抛弃花恋，任性地跑去了瓦瓦乌岛，而且我的钱包也被偷了，所以我想联系汤加塔布岛的尚美姐。还有，在杏子回来之前，希望能让我们在这住三天。

“Sai pe ia.”

西欧西这样说后，将我带去了学校的教职工办公室。花恋则留在家里。

我心情紧张地拨通电话，在听到电话那头传来尚美姐流利的英语问候后，忐忑的情绪这才“哗”的一下舒展开。“尚美姐，怎么办？”我将方才花了许久时间向西欧西说明的事，用日语一股脑儿地重复了一遍。

“这真是太过分了。”

“你觉得杏子会回来吗？”

“待会儿我就挨个问下瓦瓦乌岛的宾馆，如果找不到她人，我就联系机场请他们进行阻拦。今天没有航班，所以她一定还在瓦瓦乌岛。”

我心想，在汤加还真是不能做坏事呀。

“你现在在哪里打的电话？”

“在松本老师认识的特比塔校长的学校里。”

我向西欧西打听到学校名称及电话号码后，将信息转达给了尚美姐。

“太好了。世界还真是够小的，你们语言沟通顺畅吗？”

“还行吧。对了尚美姐，汤加语的谢谢怎么说？”

我放下听筒，对西欧西说了句：“马洛·奥匹托。”

“马洛”的意思是“谢谢”，“奥匹托”的意思是“很”或“非常”。

回到西欧西家，我和花恋被径直带入一个摆有超级大床的房间，这个房间就在客厅隔壁。

西欧西做了个“快休息吧”的姿势，示意我们睡午觉。

或许是因为昨晚睡得早吧，当下我全然没有睡意。一旁的花恋也睁大眼睛询问：“要睡吗？”我想不如出去散会儿步吧，可轻轻打开房门后发现西欧西正双手叉腰地站在门口。“摸嘿！”她说了句我完全摸不着头脑的话，那呵斥的神色与威严的欧巴桑不相上下，吓得我连忙关上房门，礼拜日还真是过得够呛呀。

“花恋，这里看来是吃完午饭就要睡午觉呢，没有办法噢，我们还是睡吧。”

“姐姐，花恋脚疼。”

“脚？给我看看。”

我在花恋脚边蹲下，她的脚乌漆墨黑。昨天因为只有凉水所以没法洗澡，她右脚上的维尼熊创可贴已经脏到发黑。我为什么没察觉到呢？撕下创可贴后，发现伤口已经严重化脓。

“我去问下西欧西看有没有创可贴和消毒药哈。”

我将花恋带出房间，横躺在客厅沙发上的西欧西立马坐起来了。她用比方才更严厉的语气叫道“摸嘿”，我赶紧解释说不是你想的那样，并让她看了下花恋的脚。西欧西找来创可贴，但似乎没有消毒药。

我用储存在水槽里的雨水给花恋清洗伤口，然后贴上干净的创可贴。

正当心情平静地要入睡时，我突然被叫醒了。时间是下午两点半。

大家都换上了漂亮的衣服，他们递给我一件连衣裙，要我穿上。看来这是要去教堂。连衣裙是之前松本老师回国前留下的，大小正好合适，而且还是长袖，我很满意。他们也照样递了一件阿娜鲁佩的连衣裙给花恋，但对花恋而言，阿娜鲁佩的连衣裙太大了。我们两个换好衣服后，西欧西帮我们绑上奇耶奇耶。

我满心钦佩地对西欧西说：“原来你们一天要去教堂两次呀。”结果她告诉我说是要去三次。早上五点一次，上午十点一次，下午三点一次。大家都是这样。

我牵着花恋的手，在卡车的装货台面坐下。她的脚貌似没有大碍了。

虽然都被称为基督教，但有很多教派，我所知道的有天主教和摩门教，但西欧西他们一家是卫斯理公会派。对于这个教派，我是第一次听说，但好像汤加王族也是信奉这个教派。

路上，西欧西耐心地跟我解释基督教，不知不觉间，卡车竟已抵达海边教堂。

这座岛上的汤加人多到令我诧异，我不由得感慨了一下。聚集而来的每个人都身穿正装，手里拿着《圣经》和赞美诗集。

与我们擦肩而过的汤加人询问道："Siapani？"

"Io, Malie moe Kalen."

西欧西回答后，大家都笑眯眯地看着我。

"Sai hingoa e."

我听不懂对方在说什么。"Good name."西欧西无奈地帮我翻译道。好名字，为什么会说好名字？我正想追问之际，教堂的钟声响起了。

下午三点整，我们肩并肩坐在最前排的长椅上，特比塔则坐在祭坛旁的贵宾席上。

钟声停止，汤加人牧师在祭坛前现身。全员起立，包括我和花恋，虽然我们比其他人慢了半拍……牧师用汤加语说了几句后，大家纷纷翻开赞美诗集。西欧西将打开的赞美诗集借给我，可上面全是汤加语。

尽管没有指挥人员和风琴，但大家都不约而同地唱起了赞美诗。尽管没有分声部，但美丽的和声却自然而然地出现了好几重。

这样的声音是从哪里发出来的呢？我一边听歌，一边扫视赞美诗集。只要用罗马拼音就能阅读，于是我用比其他人慢一些的步调跟着一起哼唱。诗集中常常出现的“sisu”，应该是指耶稣吧。虽然不明其意，可唱出来的感觉很痛快。

赞美诗唱完，大家落座，特比塔站在祭坛旁的讲台上，开始用汤加语演讲。对他所说之内容，我完全听不懂。因为他不是在读《圣经》，所以我无法靠文字揣摩。我心不在焉地侧耳倾听教堂外的海浪声。

“Malie.”

听到“Malie”这个单词后，我的注意力立即回到室内。特比塔的演讲越发激动起来，台下时不时有人会附和地大喊“Malie”。我偷瞄四周，没有人在关注我。

松本老师给我们播放的录像带里也有同样的呼声。乐园既有“Malie”这个单词，也有和裕太画作中一模一样的地方。我被这个声音所牵引，一步步来到这里。

在回去的路上，我坐在卡车装货台面上询问西欧西：“喔特、椅子、马丽耶、因、汤加？”[1]

“Excellent. Very good. Great.”

西欧西满面笑容地对我说。优秀的、非常好、棒极了。原来在这个国家，“Malie”是这样的意思啊。日渐熟悉的哈派群岛景色、坐在装货台面上的西欧西和她的一家，一切的一切都很可爱。

我想成为Malie，想作为Malie活下去，想以毯绘的身份……

深夜，我被花恋的声音吵醒。

“好痛，好痛啊……妈妈。”

我起身开灯，只见花恋的额头上布满冷汗。仔细观察，才发现她的右脚脚背肿了好大一块，脓液透过创可贴的缝隙向外流淌。

“花恋，振作点儿。”

花恋梦话般地重复喊着：“好痛，妈妈。”

“西欧西！”

我冲出房间。

1　该句对应的英语是：“What is Malie in Tonga?”

卡车行驶在没有街灯的一片漆黑的道路上，装货台面上载着我和抱着花恋的西欧西。

“花恋，加油！马上就到医院了。”

我握住花恋不停颤抖的小手，拼命地给她打气加油。

卡车在福阿岛附近的一条小岔路前停下，从驾驶座上下来的特比塔，从西欧西手中接过花恋，然后径直拐入了岔路。我行走在伸手不见五指的小路上，差点儿绊倒。特比塔和西欧西在我前面带路，他们的脚程快到不像是在走夜路。当我的双眼终于开始习惯黑暗时，一栋混凝土小平房忽然出现在眼前。

屋子里漆黑一片。西欧西一边大喊：“贝茨！贝茨！”一边使劲儿敲门。

“花恋，我们到了，不用怕噢。”

如果不说些什么，我一定会吓到退缩。

室内的灯亮了，继而门口探出一张白人大叔的脸。虽然现在事态紧急不容开玩笑，但我觉得大叔真的很像圣诞老人。

医生是个德国人，贝茨是他的名字。

不久，花恋被带入诊疗室。尽管我想一起进去，却不料被后来出现的一个名叫艾玛的白人护士给拦住了。我和西欧西还有特比塔一起坐在诊疗室前的长椅上等待，我们的视线都没敢离开诊疗室大门半秒。当下我们能做的，只有这个。尔后，他们说了句“operation”，是要动手术的意思吗？

西欧西用汤加语和特比塔交流后，转向我说："Malie, tau lotu. Let's pray e."

西欧西双手交叉放在胸前准备祷告，我也跟着摆好手势，特比塔开始用汤加语做祷告。尽管我听不懂他的祷告词，但"sisu"这个词常常跃入耳内。

祷告能有什么效果呢？天上的神明会为我们做些什么呢？花恋一直在喊的人是妈妈，是那个弃她于不顾的、和白种男人不知跑到哪里去潇洒的、糟糕到极点的母亲。那个人渣现在在做些什么？

这种家伙压根儿就不配做母亲！

只有一次，我在母亲面前说过这样的话："地震时的事和那之前的事，我全都记得噢。"

母亲温柔地说："你们是双胞胎嘛，所以毬绘去世后，雪绘会在意识之外将毬绘的记忆误认为是自己的经历，这一点妈妈可以理解。可是呀，毬绘已经不在人世了噢。雪绘就是雪绘，你要以雪绘的方式活下去。"

当晚，我独自流下了眼泪。虽然我放声"哇哇"大哭了一顿，可现实什么都没变。

打那以后，一直到见到乐园那幅画为止，我一次也没哭过。

西欧西抱住我的肩膀。

“Sai pe. Sai pe ia.”她在我的耳边不停重复着这句话，像念诵咒语般。我觉得它的大概意思应该是“没事的、不会有事的”。不知为何，西欧西落泪了。

贝茨从诊疗室走出来。

“Don’t worry. She might be fine.”

贝茨面向我慢慢地说。

“Thank you！”我深鞠了个躬。

平静入睡的花恋，被直接转移到了诊疗室隔壁的独立房间，她的呼吸已渐渐稳定。这次艾玛对我说“你在这里陪她吧”，于是我独自留下。

“马洛！”我边说，边向特比塔和西欧西深深行了个礼。

“Sai pe ia.”

两个人说完便回去了。

为了不让花恋醒来时觉得寂寞，我决定整晚不睡地陪伴她，但事实上我败给了浓浓的睡意。当脑后方传来敲门声时，我才意识到自己睡着了。

“西欧西？”

我迷迷糊糊地抬起下半身坐在椅子上而上半身趴在病床上的身体，回头张望。

“早呀。”

是裕太。我以为是自己睡糊涂了，用手揉揉睡眼，可站在眼前的人真真切切就是裕太。

“你怎么来了？”

“你不仅撒谎还消失踪迹，我怎么能不找来呢？”

“抱歉！”

“你辛苦了。”

我原以为裕太会一肚子怒火，可他却笑着把手放在我头上，使劲儿地揉了揉。不过揉的力度有点儿大，看来他还是有点儿生气的。

“这孩子就是花恋吗？原来她这么小呀。”

裕太看了眼睡在病床上的花恋。她睡得很香甜，就像昨晚什么都没发生过似的。

“尚美姐让我带话给你，她联系上花恋的母亲了。”

“真的吗？”

“是上午的航班，所以应该马上就到机场了。”

听完我立马火冒三丈，心想事到如今她竟然还有脸来。与此同时，花恋不停呼唤“妈妈”的样子在脑海里浮现。

“花恋，你妈妈要来了噢。”为了不吵醒她，我轻声对她呢喃道。

“你真是好勇敢啊。”

“并没有啊，除了乱发脾气，其实我什么也没做。勇敢的人是花恋啦。”

你真是很勇敢呢！我轻抚花恋的脑袋，暗自对她说。

“对了，你饿吗？我在机场的商店买了马帕库帕库。我觉得这个名字怪怪的，就向店员打听了下，原来‘马’是面包的意思，而‘帕库帕库’是炸的意思。”

“裕太你会说英语？毕业旅行的时候，我们还都只是半斤八两的水平啊。”

“我看了那盘录像带后就一直在练习英语对话，包括汤加语在内，日常对话完全没问题。”

“是吗？抱歉啦。”

我再次道歉后，撕开了马帕库帕库的包装袋。裕太还买了花生酱。

我静静地吃着，正当要伸手拿第五片时，房门开了，杏子急匆匆地冲进屋子。

“花恋呢？”她逼问道。

她那满脸责备我照顾不周的态度，令我超级不爽。

“她还在睡觉，不要大声说话。”

杏子看到睡在病床上的花恋后，深深地叹了口气。

“尚美姐一大早打电话到酒店来，说花恋被送去了医院，搞得我慌慌张张就跑过来了，什么嘛，这不是很好吗？你们也太夸张了点儿吧。”

这家伙什么意思？什么叫搞得她慌慌张张跑过来？我狠狠地扇了杏子一巴掌。

“你干吗啊？！”

杏子尖叫一声，裕太挡在我和杏子中间。

“花恋妹妹得了破伤风，要是再晚一步送医院，可能就救不回来了。”

“破伤风？”

杏子反问裕太。

“就是细菌从伤口侵入人体，人会患上性命攸关的病。你不知道吗？”

裕太吃惊地解释道。不过，虽然我听说过破伤风这种病，但其实并不清楚它到底是种怎样的病，更无法想象那么小的伤口会转变成如此严重的病情。

“小孩身上有点儿小伤口不是很常见吗？为何只有花恋会得破伤风？我听说你们昨天住在汤加人家里，是不是就是因为带她去了那里才患上的呢？”

要不是裕太挡在中间，这次我就要用拳头狠狠教训一下这个白痴女人了。

“日本小孩一般不会得破伤风，因为小时候都打过预防接种针。医生也问了，花恋妹妹是不是没有打过这个针？”

“是什么三种混合要打好几次的那个针吗？因为要打的针太多了，我都被搞晕了。刚收到保健所问诊通知，又说这种针是自愿选择之类的，可能有些针忘打了吧。”

“你这说的是什么不负责任的话？小孩之所以会变成这样，还不都是你的错？弃小孩于不顾，现在还有脸摆出这副姿态！”

裕太原本沉着的语气变得愈发激动起来。

“你有什么资格骂我？你明明都不认识我！”

杏子也不甘示弱地说。

“你管我认不认识你。关键在于你压根儿没有尽到做母亲的责任好吧！”

“责任、责任！我可是放弃上大学才生的这孩子，最后得到的只有一张离婚协议和一丁点儿赡养费，没有尽到责任的是这孩子的父亲！”

“你的意思是全都是别人的错喽？”

裕太深叹一口气，看来已经厌烦和她继续纠缠下去。

“要你管！反正就是个五岁的孩子，疼不疼爱，丢不丢弃，她根本记不住！”

根本记不住？

——对不起噢，雪绘。那时如果妈妈早点儿救你出来，你就不会被烧伤了。对不起噢，妈妈永远都会庇护雪绘的……

我又扇了杏子一巴掌。因攻击太过突然，无论裕太还是被打的杏子，全都目瞪口呆地看着我。

“根本记不住？你不要轻视五岁儿童的记忆力！他们可是全部、全部都记得！”

那些若无其事地说不记得童年怎么度过的人，通常都是因为童年很快乐。

不记得就等于幸福。

“是啦，我也知道对不住你。我万万没想到托尼会偷你的钱包。”

“我不是因为这个！”

“那你为什么又打我？”

“杏子，如果你遭遇地震或火灾，应该会丢下花恋只顾自己逃命吧？”

“我可不喜欢你的这个假设。”

“你别打马虎眼。认为自己比孩子更重要的人就不该生小孩！”

“就算你这么说，可既然都怀上了总不能杀掉吧？”

我激动的情绪已经到了无法抑制的地步，为何这个人的回答可以如此轻描淡写呢？

“不过，我还是觉得对不起你。抱歉！还有，谢谢你救了花恋！”

“……怎么会有你这种人。”

无论她向我道歉还是致谢，我全都没法接受。但我也不能再责备她了，总觉得这种做法很卑鄙。该如何是好呢？我将视线移向裕太。

“我们先出去吧？”裕太看了眼花恋，接着说，“我们在这里大吵大闹，她却睡得这么香，可见她的身体负担太重了。等明天坐飞机回汤加塔布岛，再去趟巴依欧拉大医院做一次检查，现在就让她好好休息吧。”

“不过……”裕太看了眼杏子，“你不会再丢下她不管了吧？”裕太重新面向杏子询问道。

“到时候尚美姐和医院的志愿者会去机场接机，所以你放心吧。但今天请陪在花恋身边。”

“连这些都帮我张罗好了呀……谢谢！”

杏子诚恳地对裕太道谢。

“那就这样吧。”

裕太如此对我说后，单手拎起了放在病床边的我的挎包。“好重！”他边喊，边重新拎起搭在肩上。

“等一下，忘了一件重要的事。”

杏子从她的名牌包包内掏出我的旧钱包。

“真的对不起啊。你确认一下钱包里的东西吧。”

我接过钱包，打开看了看。

“没事，钱一分也没少。”

“太好了。我估计托尼也是一时鬼迷心窍，你就原谅他吧。”

杏子合掌请求的样子很假、很刻意。看到恢复本来面目的杏子后，我不禁有些担心花恋。

“花恋要是醒了，你得向她道歉。一定要道歉，不能敷衍了事，否则我就报警。”

“……好，我答应你。”

“花恋昨天一整晚都在喊妈妈。”

“是吗？真坚强呀！对不起啊，花恋！”

杏子轻轻抚摩着花恋的头，不知是不是我多想了，总感觉花恋似乎笑了。我和裕太蹑手蹑脚地离开了病房。

西欧西帮我和裕太泡了壶奶茶，她加入的白糖少说也有五匙。特比塔和孩子们去了学校。

裕太拿出从日本带来的五盒咖喱块作为伴手礼，说要送给西欧西。此外，他还用比较流利的英语做了自我介绍。紧接着，他又报告了松本老师近期要结婚的好消息，这令西欧西开心得差点儿手舞足蹈。而目睹这一切的我超级不甘心。

西欧西问：“你今晚也住这里吗？”裕太回答“等一下”，然后将目光移向我。

“你累吗？”

“不累，还好。”

我这样回复后，他便向西欧西打听了一小会儿。其间，听到他们提及了自行车啦，市场啦，汤加人的名字啦。听了几句后，我不仅没有不甘心了，反倒觉得他很酷。

裕太喝完杯子里的奶茶后，干劲十足地说了声：“好！”然后起身转向我。

“那我们走吧！”

“去哪里？”

裕太微笑着向我伸出一只手，说：“去乐园！”

乐园，这个连附近小岛都搜了一遍也没发现任何踪迹的地方，今天才来的裕太要怎么带我去呢？尽管抱有一丝疑问，但我还是将没有端杯子的那只手放在了他伸出来的手上。

“画呢？”

“在旅行包里。”

“……包里比那幅画还要珍贵的东西是什么？”他冲挎包扬了扬下巴问。

“秘密。”

见我不告诉他，裕太说了句“真拿你没办法”后牵住了我的手。

我们骑着从西欧西那里借来的自行车，来到了海岛的西部。下车后，裕太用链条锁将自行车锁在椰子树下。

“我来过这里。”

裕太竖起食指，“啧啧”两声后摇摇手。这家伙的动作有时特别像大叔。

“要再走过去一点儿。”他指了指对面的小岛。

“如何过去？什么都没有啊。你别跟我说游过去噢。”

“Sai pe ia！”

“这是什么意思？”

“你放心！上帝的使者会带我们去乐园。”

“什么鬼！难不成天使会驾着马车接我们过去？”

“嗯，也差不多是这样子啦。”

裕太抬眼看了看太阳，又看了看大海。天气晴朗，万里无云。太阳此时正在正上方偏东些，海水已经退潮。

“差不多了吧。”

裕太刚说完，椰子林内传来了一阵“沙沙”声，两个汤加男人骑着马出现了，他们是双胞胎。

他们就是上帝的使者？天使？话说，两位长得也太威猛了些吧。

裕太跑向他们，交流了几句后，他从背包里拿出咖喱块，给了他俩每人一盒。收到礼物的两个人喜出望外地下马，接着裕太向我招招手。

“交涉成功。他们叫比利阿米和科普罗尼，住在对面那座沃莱瓦岛上，每天捕到鱼后就会拿去利富卡岛的市场卖。他们现在正要回岛，我拜托他们带我们一起过去。”

“如何带我们过去呢？”

刚问完，我的双眼就和一对圆溜溜的眼睛四目交会。

“当然是骑马去啦。”

不知是不是听懂了我们两个的对话，双胞胎男子得意地挺起胸脯，面露微笑。

我用“马洛耶蕾蕾”向他们打招呼，他们用汤加语问我叫什么名字。怎么办？我无法在裕太面前说自己叫毬绘，难道要假装听不懂汤加语吗……

“Malie.”

裕太回答道。他没有看向我，而是一副“请多多指教”的姿态，和双胞胎友好地握了握手。

UOLEVA or PARADISE

比利阿米的身后坐着裕太，科普罗尼的身后坐着我，我们跨坐在马背上，蹚过海水向对面的海岛出发。双胞胎似乎认识松本老师，一听裕太说她近期准备结婚，好几次都故意做出深受打击的神色，而我每次也都差点儿被甩入海里。

渡过浅海后，他们在靠近海岸边的小房子前下马。那里貌似是双胞胎的家。两个人的母亲走出房子对我们说："今晚就住在我们家吧。"不知是否早有预备，裕太给了阿姨三盒咖喱块。

作为午餐，大家一起享用了蒸熟的面包果。我和裕太在三人的目送下，踏入位于房子背后的椰子林。

"你怎么知道这里的？还有，你怎么知道我来汤加了？"

"因为画不见了。我心想你该不会是去了汤加吧，所以就打电话到汤加塔布岛的宾馆确认。加上你的英语不太好，我猜你一定选了家日本人经营的宾馆，然后就给 Naomi's Guest House 打了电话，但报了你的名字后竟然说没有这个人，没想到你用了假名。不过好在姓氏是一样的，我猜多半是你，于是就来了。为了此行，我钱包都空了不少，但不来又不行，下周你别想得到生日礼物了。还有呀，既然决定要来这里，目的地当然只有一个，可要怎样才能去到那里呢？我跑去询问松本老师，包括送咖喱块这件事，也是老师教我的。"

"你有老师的联系方式？"

"看了录像带后，我就跟老师要了邮箱。因为我想将来有一天我们会一起去那里，但没想到你只是让我画画，自己一个人跑来了……说实话，你的所作所为深深地伤害了我。"

"但我们也没约定要一起来呀。"

“你就别再补刀了好吗？”裕太停下脚步继续说，“从这里笔直地走下去就到了。”

他指了指附近一条狭窄的岔路。站在这里可以听见海浪的拍打声。

“你不一起去吗？”

“我可没有理由和一个名叫毬绘的陌生人同行。”

“三十分钟。三十分钟后，我就会做回真正的自己。”

我将画布交给裕太，独自奔向小道。

在海浪声的引导下，我马不停蹄地向前奔跑。马上就要跑出椰子林了，眼前即将就是——

雪白的沙滩，五颜六色的贝壳。

椰子树、杧果树、木瓜树。

蔚蓝无瑕的天空。

阳光闪耀，全世界的蓝都聚集在这片海面。

与裕太描绘的乐园一模一样的景色，正广袤无垠地铺展在我眼前。

我脱掉鞋子，赤脚踏上沙滩，太阳的热度从脚底传至全身。我放下挎包，卷起及膝的牛仔裤，脱掉罩在吊带衫外面的长袖衬衫，左手从肩部到手腕的红肿肤色清晰可见。话说，这块烧伤是怎么弄上去的呢……

这件事一点儿也不重要！

我奋力奔向大海，“哗啦啦”地浸入透明的水中。即便走到海水及腰的地方，脚边色彩缤纷的贝壳仍旧清晰可见。如此一来，不是没法玩寻宝游戏了吗？

海风将我环抱，我则仰视天空。

我踩着海底的细沙，一步步向前走，直到海水快要淹没眼睛才停下。然后我用力一踢，全身沉入透明的海水。

我仰望着闪闪发光的海面……裕太？

裕太用腋窝夹住我，把我拉出海面，接着将我拖到岸边。因为他突然跑出来夹住我，搞得我没法自由换气，喝下了不少海水。

“你干吗呀？！”

我被海水呛得一直咳嗽，而与此同时，头顶有个声音正在痛骂我。

“你是为了做这种蠢事才来这里的吗？要是有让你痛苦到想寻死的事，你告诉我呀！”

渐渐地，骂声变成哭声。不是的，裕太，不是你想的那样。我从刺痛的咽喉挤出声说：“裕太，我，会游泳。”

“……哈啊？”

裕太当场便瘫倒在地，用力过度的肩膀随着粗粗的喘息声上下起伏，然后他像个漂流者一样，东倒西歪地爬上沙滩，直接“扑通”一声坐倒在大大的杧果树荫下。我将装有矿泉水的饮料瓶递给他，他连看都没看我一眼就径直“咕噜咕噜”地喝完了。

平时上游泳课时，我都站在一旁见习，所以他误以为我不会游泳也属正常。而一个不会游泳的人一直在海水里走，被怀疑轻生也是一件不足为奇的事。可是……

“已经过了三十分钟吗？”

“我怎么可能等那么久啊！我就是拉不下脸，你倒好，果真一个人跑掉了。我郁闷了五分钟后就追上来了，然后就撞见某人走到海水要淹没耳朵的地方，准备和这个世界说拜拜的场景。我不理你了，这次真的不管你了。”

裕太说完，转过身去。我觉得很抱歉，甚至想用手指在他后背轻写“对不起”，可同时我又真的希望他能等三十分钟，因为我来这里的目的还没达成，但现在也不好叫他回到方才分开的地方……不，或许我应该把心事告诉裕太。

我站起身，四下寻找看上去和裕太的画相似的地方。在小路与沙滩的连接口正好有棵椰子树，树下的眺望角度恰好合适。我拾起因干燥而变硬的椰子皮，把它当作铲子开始挖洞。我要挖很深很深的洞，深到哪怕暴风雨来袭或海浪拍打也不会被冲垮的洞。

我一个劲儿地挖洞，不知不觉间，丑陋的手臂上沾满了沙子。裕太跑过来，默默地帮我一起挖。当洞挖到与裕太手臂的长度一样深时，我停下来，心想应该够深了吧。

我从挎包内拿出旅行途中一直带着的东西。

“原来你一直带着这种东西啊？”

原本下定决心保持沉默的裕太出声说。

“虽然很重，但只要找到乐园就好啦。”

“我不是那个意思。这是墓碑吧？你从哪里搞来的？”

“我家神户的墓园里。”

“这样不太妥吧……上面写着毬绘、五岁，你的假名也是毬绘。这个人到底是谁？”

“是我。这不是假名，是我真正的名字。”

我将雕刻成地藏菩萨的墓碑轻轻放入洞内，沾在手臂上的白沙完完全全地覆盖了我那丑陋的烧伤。然而，我拂掉了这些沙子。

十一月的某天，距离五岁生日还有一个月，我和母亲两个人在家。

那天的晚饭是天妇罗。当料理需要用油炸时，父母会禁止我们踏入厨房。我老老实实待在客厅看电视，突然电话响了。

电话的主机在父母卧室，客厅里的是分机。

“妈妈，电话响了。”

我冲厨房喊了好几次，母亲每次都只是回答说“等一下”，似乎没有要过来接听的意思。我想，电话很有可能是医院打来的，因为妹妹患上流行感冒住院了。于是我决定自己去接电话。

电话那头传来了呼唤妈妈的哭声。大事不好，我连忙将电话拿给母亲。

“妈妈，是雪绘打来的，她在哭噢。”

母亲说了句“真拿她没办法”后转过身。说时迟那时快，炸天妇罗的油锅瞬间倾斜倒下，滚烫的热油直接泼洒在我拿着电话的手上。因过度惊吓，我几乎失去了那之后的记忆，唯独有印象的，只是母亲的尖叫声。

从那天开始，母亲便不再正视我了。

两个月后，我们出门拜访住在神户的祖父母。通常都是正月拜访，但我们家因父母工作，总会在成人节[1]前后回趟老家。等上小学就不能请假了，于是那年我和雪绘决定在祖父母家住久些。我们都很喜欢祖父母，每次去拜访都会在一楼祖父母的房间和祖父母一起睡觉。父亲和母亲则在二楼的客房休息。

1　成人节：成人之日是日本的节日，目的为向全国本年度年满二十岁的青年男女表示祝福。节日时间是每年一月的第二个星期一。

十七日黎明时分，不知为何，我还没痊愈的烧伤比以往痛得更剧烈，疼痛难耐的我独自起床来到厨房，将冰块装入塑料袋后，把袋子敷在伤口处。

然后突然间，地底发出“咚”的一声巨响，脚边地板开始“吱啦吱啦”摇晃。被吓一跳的我连忙从后门快速跑出，转眼间一楼消失了。

后来大地停止晃动，但我仍恐惧地趴在地上，数米外的隔壁邻居家有火柱正在上升。救命！救命呀！我心里拼命喊着救命，无奈喉咙却发不出声音，双腿更是动弹不得。从二楼窗户爬出来的父亲及母亲发现我后立即跑了过来。母亲刚抱紧我就突然松开手，然后用撕裂般的嗓音叫道：“为什么是你？”

接下来的一周左右，我失去了记忆。

醒来时，我躺在家里的床上，大家都叫我雪绘。

我强调了好几次我是毬绘，但大家都说我因惊吓过度，记忆出现了混乱，他们没有人理睬我。

“可是你们看，我左臂上有烧伤的痕迹呀！”

“那个呀，是地震时发生火灾烧伤的。”母亲如此对我说。“对不起噢，那时如果妈妈早点儿救你出来，你就不会被烧伤了。”母亲哭泣着说。“从今往后，妈妈永远都会庇护雪绘的。”母亲抱紧我说。

——为了妈妈，你要连毬绘的份一起幸福地活下去。父亲刻意撇开视线，抛出这句不清不楚的话。

我的记忆真的出问题了吗？可是烧伤那天的事，我记得一清二楚呀。如果我是雪绘，就不该有这种记忆。因为雪绘当时在医院，不在家。

母亲是个完美主义者。她不仅在当地的短期大学担任儿童心理学教授，还自己写育儿书，到处做演讲。像她这种女强人，根本接受不了孩子被天妇罗热油烫伤的事实，这是她希望一直封印起来的过往。

而得出这一结论的证据就是，自从我烫伤后，母亲就再也没带我出过门。两岁开始上的游泳课也不允许我去上了，甚至连幼儿园都不让我去。但地震发生后，她无论走到哪儿都会带上我。

如果要对母亲的行为做出解释，那句话就是最好的答案，那句我身为毬绘时她对我说的最后一句话。

——为什么是你？

如果当时获救的是雪绘，母亲应该就不会说这句话了吧。

“可即便如此，我仍然想要说服自己。只是名字变了而已，我还是我。可当我看见自己的坟墓时，就会在心里呐喊：‘啊啊，毬绘真的死了。’从今以后，我连心灵也要变成雪绘了。”

五岁的雪绘温和敦厚，非常喜欢画画。这样的孩子，长大后会成为一个怎样的人呢？我一直都在思考这个问题。

即便不想被特殊对待，可母亲仍旧拜托学校特别照顾我。还有夏天要求我穿长袖制服上学，游泳课只能站在一旁见习等，因为我很痛苦，所以从没发过一次牢骚。对于社团活动，多半也是加入美术社团。

“你一直都独自承担这些吗？”

静静听我讲述的裕太突然冒出这么一句。

“我现在正在跟你分享呀。”

“你应该早点儿说的嘛！虽然我帮不上忙，但我可以陪你一起找老师商量呀。我们的班主任老师还挺靠得住的，不是吗？”

“要是找老师商量的话，我父母就会被警察抓走噢。因为他们伪造了死亡证明。”

“那以后你还要一直做雪绘吗？”

“我来这里就是为了一直做雪绘。裕太不是说过吗？满二十岁后，滨野雪绘这个名字就要承担很多的社会责任。不过我很害怕，怕自己承担不了这份责任。”

“所以你才要逃避？”

“不是，我是来跟毬绘告别的。因为我觉得把墓碑埋掉，就能做雪绘了。但我又决定不这样做了，户籍上的名字是雪绘也没关系，我的内心要做回毬绘。这个想法是我来到汤加后蹦出来的。”

“那你这是在干吗？”

“不管怎样，毬绘的墓碑都不重要了不是吗？所以我仍然要埋掉它。我会让父母好好建一座雪绘的坟墓，我觉得这也是为了雪绘好，但不知雪绘会不会生气。”

我觉得雪绘可能正在某处倾听着这一切，于是抬起头，望了望天空。

“不会的，虽然这话轮不到我说，但我觉得她应该会很开心吧？”

裕太也仰视天空，然后将视线落在了海平面上。

“……不过，话说你跑得还真够远的，就算你埋在这里，你父母估计也不会跑来这里取吧。无奈之下，他们也只好建新的了。不过，我没想到你说的乐园竟然是个埋墓碑的地方。”

“不对，乐园是我能做毬绘的地方，所以我在这个国家都说自己叫毬绘。”

“——那你现在是谁？”

“毬绘。”

“在医院见到你时我有点儿惊讶，不过并不觉得你有什么变化。”

“也许是因为我和裕太在一起的时候都用毬绘的身份吧，

雪绘应该会和我父亲那种斯文靠谱的人合得来，裕太你太聒噪了啦。”

在美术社团，当裕太来向我搭讪时，我明明很开心，却采取了雪绘的待人态度。

“你这样说对雪绘很不敬噢，说不定双胞胎也会变成情敌呢。你妈妈有没有说过如果是雪绘就会这么说，或这样真不像雪绘的风格之类的话？”

“说过。”

“你硬装出来的雪绘多半是你妈妈心中的雪绘。不，也不是雪绘，而是会出现在育儿书中的聪明却毫无主见的无聊的孩子。”

假如没有遇见裕太，我可能就不会来这里，毬绘就会彻底死去。

“你可以和我一起把墓碑埋掉吗？”

我双手捧起白沙撒在墓碑上，裕太也掬了一把。

——起死回生。我要以毬绘的身份，起死回生。

填满洞穴，用手压紧表面后，我随即奔向大海。“哇——”我打心底欢呼，跃入水中的瞬间溅起朵朵水浪。在我旁边，一个更大的水浪飞溅得到处都是。

放眼望去，海平面无边无际，太阳红彤彤地燃烧着，正要沉入海里。

鼻尖微微闻到一股令人怀念的香气，是咖喱的味道。

“这里对我们而言是乐园，但对比利阿米和科普罗尼来说，就像是他们家的后院吧。”

“他们也一定在心里描绘了一个将来必须去的地方吧。”

也许他们每周都会去教堂祈祷，祈祷终有一天能去到那里。

“等我们回日本过上平静的生活，才会打心底里把现在所在之地视作乐园吧。我觉得乐园就是这样的存在。”

炽热燃烧着的太阳在接触海平面的一刹那，天空、大海、我、裕太，全都被染成了同一颜色，犹如昙花一现的最后瞬间，所有的一切都融入了乐园中。

"putu？"

汤加语基本上都是用罗马拼音的方式发音，当我不明其意地重复一遍时，年过四十岁的资深同事莉西就会用接近英语的罗马拼音复述一遍。假如这样还听不懂，我就会从外出时随身携带的小型挎包中拿出英日迷你字典查询。

我任职的学校是日本所谓的初高中连读女校，上课全部用英语，因此字典是我的必需品。不过话虽如此，身在汤加也不能完全不懂汤加语。

执教后的两个月，在一次我负责的生活课小测验中发现有学生作弊。学生询问我课桌不平稳能否用纸条垫一下，我同意后却发现纸条上写满了密密麻麻的笔记，而且还是汤加语版。

汤加学校升学的判定比日本严苛，如是相差一两岁的姐妹，升入高年级后姐姐和妹妹学年颠倒的现象时有发生。正因如此，大家都很拼命学习，但我绝不认可作弊。而且要是放任学生欺负自己不懂汤加语很好糊弄，往后的两年就会被轻视了。

我当场对她提出警告，她却嘀咕回了句“palaku”，我说我听不懂，同时没有人帮我翻译成英语。

但不管怎样，我认为这句话一定是贬义。尽管她是第一个跟我说这句话的人，不过她们聊天时常常会提及。

回家后，我马上翻开汤加语·英语字典查询，对应的英语单词是“irritate”，紧接着我再搬出我的好搭档——英日字典进行查询，结果单词的意思只是简简单单的四个字——“超级火大”。这点和日本女高中生一样，虽然觉得很好笑，但说实话，超级火大的人应该是老师我！因为很火大，我便用汤加语造了个“我也超级火大”的句子，并在翌日的课堂上加以运用。

原以为被斥责的学生会因此瞠目结舌，谁知她很开心地说了句“原来你知道是什么意思啊”，此外还不罢休地追问我这句话用日语如何表达。当我用日语教她说“我觉得非常不愉快”时，因句子太长，她只重复念到“我觉得非常”便自动放弃了。

就这样，我在学校执教了九个月，汤加语的日常对话大体都能理解。与此同时，掌握的英语词汇量也增多了。

"Funeral."

无须查字典我也知道，这个单词的意思是"葬礼"。"谁的？我也要去吗？"我接着问。"前校长去世了，下午四点全体教职员工都要去她家悼念，你也一起来吧。""那穿什么衣服去？"我继续问。"穿黑色的衣服就行。"

我万万没想到来汤加后会参加葬礼，因此也没事先从日本带素黑色的丧服来，再加上这里的服装店也不卖这类衣服，更没时间去买布来自己缝制。走投无路之下，我只好去跟尚美姐借衣服。

尚美姐不是我所属的国际志愿队成员，而是住在汤加的普通日本老百姓。

尽管学校位于闹市区，但前校长的家却在机场附近，我和年轻的汤加老师们一起坐在大型卡车的装货台面上赶赴那里。此时此刻，卡车正在一条由日本公司修建的凹凸不平的"一亿日元大道"上行驶。今晚也必须从这条路返回。

"圣诞节假期时，有人从日本来找你玩吗？"

坐在旁边的音乐老师莫阿娜问我。她在新西兰学习橄榄球的情人回来了，听说两个人度过了一段甜蜜的假期。我本想保持沉默，但想到反正事情到了明天也都尽人皆知，于是决定在流言扩散前自行告知。

"我朋友会坐今晚那班航班从日本过来噢。"

听到我的回答后，莫阿娜老师立即追问朋友的性别是男是女，当我回复说是男性时，整个卡车的装货台面都发出了欢呼声。紧接着，莫阿娜老师笑着继续追问："moa 要来吗？" 在汤加语里，"moa" 指正在交往的异性，但正式的意思是"鸡"，所以与其解释为"情人"，倒不如说是"男朋友"，因为感觉后者更轻松些。而实际上，我们的关系要比这一层更深。

顿时，卡车装货台面上关于我"moa"的询问一个接一个。当然，被问得最多的是他的名字、职业及其父亲的名字。

头一回被追问隐私问题，我感到不知所措。

难不成他们以为我是名人的孩子吗？非常抱歉的是，我父亲只是一名普通的上班族。当我告诉他们"我是松本诚司的孩子"时，他们满意地点点头，然后自豪地将自己父亲的名字告诉了我。毋庸置疑的是，我并不认识他们的父亲。本以为是担任国家要职的政治家，可一问完职业，才知道都是些类似木匠、市场人员这种普通职业。

这个国家的人很珍惜家人，他们一定认为自己能有今日，都是托父母的福吧，因为是他们将自己带到了这个世界。

他叫柏木宗一，职业是银行工作人员，父亲的名字叫……叫什么来着？他好像提到过，但我忘记了。

明明都是一些不值得一提的回答，可大家的欢呼声却很高，看上去完全没有参加葬礼的苦闷感，一想起素未谋面的前校长，我不禁有些感到内疚。

卡车每行驶几百米，就能看见一座教堂。

百分之九十五以上的汤加国民都是虔诚的基督教徒。

即便在日本，我也没参加过基督教的葬礼。基督教包含各式各样的教派，我所任职的女校信奉的是卫斯理公会派，汤加王国的国王也信仰这一教派。若不是来到这里，恐怕我这辈子都不会知道这个教派。

况且这里是太平洋正中央的常夏之岛，一提到基督教我就只会联想到圣诞节，而且我脑海中的圣诞节是大家在下雪的寂静的教堂庄严肃穆地度过，这里的场景定然与我的想象截然不同吧。

南国小岛的基督教。大约半年前发生过这样一件事——

我当时住在校内女生宿舍隔壁的教职工宿舍，虽然只是栋白墙搭配蓝色屋顶的小平房，但像是绘本里的可爱建筑。

尽管宿舍通了电，不过没有电视机，晚上大多数时候我都是独自看看书、备会儿课，总之过得很安静。可那日，莉西拜托我教她做女生穿的长裤，甚至还带来了缝纫机。

汤加的女人是不穿裤子的，平时她们都会先围上刺佩奴，这是一种如一片裙般长至脚踝的传统服饰，然后再穿一件及膝的连衣裙。听说汤加的男人很喜欢下雨天，因为当女人为了避开路面凹凸不平的水洼时，会稍稍撩起刺佩奴的裙摆，而这时男人就能瞥见女人的小腿了。

在这个被美好复古元素充斥着的汤加国，莉西之所以想做长裤是为了做买卖。每到周六学校放假，她就会去海滨市场开店摆摊。顺带一提，或许日本也曾延续过这样的复古时代吧。

在周末市场，常常可以见到外国游客。那些在海边漫步的女性，全都穿着图案漂亮的宽松棉质长裤，而莉西注意到了这点，虽然只是裤子，但长度够长，能遮掩腿部曲线，此外看上去很舒适。不过遗憾的是，汤加的洋服店没有卖，汤加人也不知道该怎么裁剪制作。

就在这时，我造访了莉西的店铺。我那天的打扮是T恤加棉质长裤，莉西一开口便马上追问这条裤子是不是我从日本带来的。

我回答她说是我在洋装店买了颇具南国海岛特色的布料后自己缝制的，她立马要我教她，而且还约好要来我家一起做。我原以为莉西只是要做一条自己穿，谁知她买了一大堆布料，想做好后拿去市场卖。直至深夜，我们还在缝纫机前辛勤赶工。

大概凌晨一点，门口突然有人敲门，一个女子的声音正在焦急地叫喊："莉西！莉西！"不知是汤加人如此，还是大家都如此，只要在校内发生的事就没有不透风的墙，因此住校的学生全都知道莉西在我家。我想，她们多半连我每天晚上吃什么都知道吧。

一开门，女孩就奔到莉西身旁，上气不接下气地说：

——莉西，不好了！梅蕊被恶魔附身了！

我在脑海里将这句话翻译完后，立马歪着个脑袋“哈啊”地发出了质疑，紧接着又摆出一副“别闹，你这是在耍我吗”的神情看着莉西。她大喊一声“这可不得了”后猛地站起身，然后以比平时快三倍的速度整理好衣服及发型，用力拽紧民族服塔瓦拉后飞快地夺门而出。

女孩旋即追了上去，我也跟着来到了女生宿舍的某房间。莉西在房门口停下脚步，命女孩即刻去取椰子油来。女孩从自己的房间拿出一个小瓶，莉西将椰子油倒满手掌心，使劲儿地在我脸颊上涂抹。

脸蛋、双臂等露出肌肤的部位，她全都帮我抹了一遍。

——恶魔讨厌椰子油的气味。

莉西如此说的同时，也往自己的脸上及手臂不停抹油。前来凑热闹的女孩子们，也都相互给对方擦抹椰子油。

然后，就在终于要踏入房间的那一瞬，莉西用她那粗壮的手臂拦住了我。

——里耶你不能进去。因为你不是基督教徒，会被恶魔附身的。恶魔会从房门出去，你站在窗边围观吧。

我在脑海里默默翻译了一遍莉西的话，我想我的理解应该没错，于是老老实实按照莉西的吩咐，透过面向走廊的百叶窗窥视屋内。

被恶魔附身的女孩呼吸急促地躺在床上，身子微微颤抖着。莉西轻轻在她全身洒油，然后直接将没有盖上瓶盖的瓶子放在她枕边——开始祈祷。

我边观察莉西祈祷，边在内心揣摩，这位痛苦的女孩会不会是气喘？大学时，我曾目睹一位名叫佐纪的朋友被同样的症状困扰。

我是不是不该呆呆地站在这里围观，而是赶紧骑自行车去叫德国医生过来看诊？不过想归想，或许我这个门外汉只是多此一举。这个国家有这个国家的处理方法，再者我也不知“气喘”用英语怎么说，有无相对应的汤加语都还是个疑问。

正当我在脑海里盘算这些时，女孩的症状得以缓解，呼吸也变得稳定了。莉西用手臂拂去额头上的汗珠，得意扬扬地走出来说：

——恶魔离去了！

当晚，莉西决定留宿女生宿舍，她将装有椰子油的瓶子塞入正准备独自回家的我的手中。

——恶魔应该还在这附近活动，你拿着这个当护身符。放在床边就不会有事了。

我接过后向她致谢，回到家后便按照她的嘱咐，将瓶子放在卧室床边。不知是因为洗澡没冲干净还是那瓶椰子油，我鼻子里充斥着椰子油甜甜的气味。当身心疲惫卧倒在床，意识快要接近模糊时，总感觉有什么东西正在守护着我，感慨完驱魔好厉害后便陷入了深深的睡眠。难道这就是所谓的芳香疗法吗？

用椰子油驱魔应该不是基督教的传统做法，也许是这个国家特有的，抑或是南国小岛特有的风俗。

卡车停下来了。

虽然前校长的家是平房，但对普通的汤加人而言，这已经算是大房子了。邻居和亲戚们正在家门外忙东忙西，这一点与日本的葬礼一样。

随着卡车的抵达，起先还在装货台面上吵吵闹闹的同事们立即神情严肃起来。他们从车上下来后径直走向前校长的亲戚们，吊唁安慰对方的同时彼此拥抱痛哭流涕，目睹这一场景的旁人也有伤感到吸鼻子的。

汤加人对自己感情的表达非常坦率，高兴就哈哈大笑，悲伤就泪流满面，不悲伤就停止流泪。正因如此，大家不用像日本葬礼那样，分明与已故者不熟，还要为了配合现场气氛故作悲伤。如果与前校长素未谋面的我也流露出悲痛的神色，估计汤加人反倒会觉得莫名其妙吧。

听尚美姐说，汤加葬礼的形式会因教派的不同而不同，即便同一教派也有很多差别之处。这次的葬礼形式似乎是傍晚先在自家举行，晚上转移至教堂，翌日清晨安排下葬。

汤加流行土葬，但墓碑不是石造的，而是布制的。

布的大小也各不一，尚美姐拜托我替她丈夫做的尺寸是长一点五米、宽一米。做的时候我觉得真是太大了，但当布的两头穿入木棒，竖立在凸起的土堆上时，与周围的墓碑相比，我才知道这是标准尺寸。

虽说是墓碑，但色调并非像日本那样净是些黑白、橘黄或紫色等冷色。第一次见到汤加色彩艳丽的墓碑时，很难让人相信这真的是墓碑。

尚美姐丈夫的墓碑采用了红缎布，绣在上面的逝者名字选用了深蓝色的缎带，周边还用蕾丝及剩余红缎布制作而成的玫瑰加以装饰。尚美姐的草图上没有玫瑰，而之所以加上去，是因为之前尚美姐跟我说她丈夫很喜欢玫瑰，但汤加没有玫瑰卖，因此无法供奉在他坟前。

我给尚美姐看过草图后，她说一定要加上去。收到做好的成品时，她喜出望外地夸赞说这次做得最好。布制的墓碑持久性较差，受烈日照射及海风腐蚀后会出现褪色破损，所以必须定期更新。

因为做的次数多了，即便尚美姐再拜托我做新的墓碑，我也不会因此悲伤。

我跟随同事们走向平房大门，先我们一步抵达的莉西叫住了我。她将我带到与逝者告别的列队前方，但其实我这种无关紧要的人，即便等到最后也没关系，可他们却把我当作贵宾接待。在这个国家，日本人受到隆重的礼遇。

进屋前，他们递给我一个用白色假花编织的大花圈。进去后似乎要将花和布等赠礼（估计是用来供奉的吧）送给围坐在逝者身旁的近亲们，而这个花圈就是赠礼之一，我越发不安迟疑起来，话说真的要我送吗？我瞟了眼莉西，她跟我说她也会赠送布料，所以只要跟着她做就好了。

首先进入安放逝者的房间赠礼，然后亲吻逝者的脸颊，最后离开房间。——亲吻这种事，我真的做得到吗？

通过影视剧，我知道欧美人在问候对方时会亲吻彼此，但殊不知汤加人也是如此，尤其是在刚执教的那段时间，每当需要问候的时候我都会不知所措。但我抱着“入乡随俗”的心态加以接受，在快一年的时间后，这一风俗在我看来完全就是家常便饭。

亲吻用汤加语表示是“uma”。正如情人节巧克力有情人与人情之分，加上别称后意思的分辨就变得轻而易举了。“唔嘛”这个单词不是指爱情之吻，而是寒暄之吻，听上去是不是很可爱呢？新学期伊始的这个月，有五位老师前来报到，为了表示欢迎，我也和她们一一“啵啵啵”地唔嘛了下。

可是，尸体的话该如何？事到如今，也由不得我解释什么文化差异、宗教不同。不一会儿工夫便轮到我了，我将花圈交给貌似逝者女儿的人，然后坐在遗体枕边。

逝者的相貌与我大学时住过的“紫罗兰庄”公寓的房东太太很像。

我呆呆地望着逝者的脸，莉西在我耳畔提醒：“uma.”

没错，这也只是唔嘛而已。我缓缓蹲下，将嘴唇贴在遗体的脸颊上。

冰冷冰冷的。我想，这个人已经不在这里了。

凌晨一点，礼堂响起铜管乐队学生们的演奏声。

铜管乐队是汤加葬礼的必备品，将遗体从教堂运往墓地时，铜管乐队还会跟着游行。

此时此刻，前校长的遗体正在教堂内。学校和教堂间虽有一定距离，但据说为了不让逝者寂寞，演奏会持续整晚。如不是事先得知，我必定会误以为是在举行什么庆典活动。乐队演奏的曲目活泼，闭上双眼，眼前浮现的是甲子园球场。

但我不能一直享受这音乐的气氛。

我换上 T 恤及棉裤，跳上自行车，拼命骑向尚美姐家。平时尚美姐要给外国游客做导游、写旅行书，与此同时，还要为了经营宾馆的梦想而四处奔走。

直至半年前，我和尚美姐还都只是点头之交。此外我的年纪比她小一轮，但她却待我如闺密般友好，而我们友谊升华的契机是她拜托我帮忙准备亲戚结婚典礼的餐食。

尚美姐之所以会找我，是因为我是家政队员。就在我俩握好几百个饭团的时候，突然聊起了各自的身世，在发现我们存在一个巨大的共同点后，我们变得亲密无间，常常一起吃饭，一起出门。

我骑到尚美姐家，轻轻敲门，她立刻迎了出来。

“抱歉呀，这大半夜的。”

“没事，没事。等宾馆建好后，这就是家常便饭的事了。”

尚美姐如此说后，让我坐在厢式车的副驾座上，接着发动汽车引擎。

我们这是要去机场。

日本没有直飞汤加的航班，所以中途必须在斐济、新西兰或夏威夷转机。其中一班航班的抵达时间是凌晨两点五十分，尽管我认为没有必要搭乘这个点的航班，但要是想充分利用好短暂的假期，这班航班不失为效率最高的一班。其他队员的家人及朋友从日本过来时，也常搭乘这班飞机。

虽然这种时间接机很麻烦，但我又没法对初次造访汤加的人说："你自己坐四十分钟的出租车来市区吧！"更何况还是深夜，这时的机场及机场周边都是漆黑一片，完全不像一个国家的大门。

若是白天抵达的航班，我会自己搭出租车去接机。

这个国家的治安比日本还好，就算司机是位身材魁梧的大叔或大哥也大可放心。叫什么名字呀？做什么工作的呀？父母是谁呀？结婚了吗？愉快地回答完这几个必问的问题后即可抵达机场。然而换作深夜的话，我还是有点儿担心。

要叫个男队员陪我去吗？最后我还是决定请尚美姐帮忙。

虽然我很希望尚美姐的梦想早日实现，但一想到她每周都有一晚要去接送深夜班机，难免替她感到辛苦。但是，开宾馆是尚美姐和她已故丈夫的约定，因此或许她并不会觉得辛苦吧。

不管怎样，对我这个试图打破与逝者约定的人而言，我不太能理解尚美姐的心情。

我将我们要去接的这个人的故事告诉了尚美姐。

我和宗一邂逅于大学网球社团。

这是个时常可见的、名校男生与附近女子大学女生共同组合而成的轻松愉快的社团。比起打网球，我们花在聚餐上的时间更多些。升入大学后我交到的第一个朋友名叫佐纪，而邀请我加入网球社团的人也是她。在此之前，我的人生与网球一点儿交集也没有。孤身一人从农村考入大学，我想，大概女大学生的日常生活就是这样子吧，于是没做太多思量，就痛快地答应入团了。

起初接触网球这项运动，感觉还不错，社团的成员也都挺随和。因为身边净是些好人，所以不知不觉间，我成为社团出席率最高的新生。

那件事发生在六月，社团活动第一次遇到了下雨天。

佐纪有课要上，于是我只身一人来到活动地点。出乎意料的是，我竟然是第一个到达的。

我想做点儿什么打发时间，环顾室内，在混乱不堪的堆满不知是书架还是储物柜的地方，我发现了魔方。

魔方在我上小学时很流行，但遗憾的是父母不给我买，于是它便成为我心心念念想要得到的玩具。虽然也跟朋友借过几次玩，但每次在我拼好一面之前，在一旁等得不耐烦的朋友就会一把夺回去说："都说了要这样转啦！"也正因如此，我从未靠一己之力拼好过一次。

也许这是我实现多年梦想的契机。如此想后，我便开始专心致志地"咔嗒咔嗒"转起了魔方。那种入迷的状态，就连雨滴拍打铁皮屋顶的声音都没听见。我喜欢蓝色，但乍看之下似乎红色更容易拼好，于是我一心一意想要拼出红色。然而，最后一格无论如何都拼不完整。正当我心想干脆撕掉颜色贴纸，将魔方使劲儿攥在手里，以致指尖都捏到变色时，有人一把拿走了魔方。

这个人是比我高一届的学长——柏木宗一。

旋转三次后，他将拼成一面的红色展示给我看。接着，他继续“咔嗒咔嗒”转动魔方，不到一分钟，六面全都拼好了，他将魔方递给我。我心服口服，甚至拍手多次叫好。嗯，另外应该还夸了他是“天才”。

一旦打开叫好的开关，宗一其他令人称赞的优点也都一一显露，他的网球技术在社团里数一数二，而且就算是在酒席间谈论日本经济，他也能说出许多我完全听不懂的专业词汇，以及一些听似很聪明的话。

就这样，在探寻他诸多的不可思议时，他邀请我看电影、听外国歌手的演唱会，如社团有活动，我会去他的公寓过夜。

起初我有六成的不安，担心自己配不上他。其余四成则是幸福，因为被如此厉害的人喜欢着。

“葬礼如何？”

手握方向盘的尚美姐询问道。

“亲了尸体。”

“毕竟是第一次，而且还是你完全没见过的人，是不是感觉很恶心？”

“在轮到我之前，我心里一万个不愿意，就像打预防针前想要溜走的心情一样，但真亲了后，感觉也还好。我想多半是因为尸体冰冷，感觉不像是在亲人，而是触碰陶瓷之类的东西。”

“是吗？毕竟都入棺了嘛。”

尚美姐目视前方，喃喃自语道。虽然她也同意我的说法，但把逝者比作东西感觉还是有些罪恶。

“还有，管乐队吓了我一大跳。要在礼堂演奏一宿，学生们不累吗？而且演奏的曲目都很明朗，着实令人感到意外。”

“那是为了不让死者悲伤，感觉就像是快快乐乐送他们去天国的意思吧。”

“真的呢，仿佛可以精神饱满地游行到天国。原来如此啊……”

“什么原来如此？”

“之前我和莉西讨论过。”

只要和莉西在一起，起初明明聊的是一些关于食物之类无关紧要的话题，但最终一定会转移到基督教这个话题上。

学校每年都会在十一月举行一次义卖慈善会，就在那日的前一天，我和莉西坐在学校生活教室里，给学生绣好的桌布钩织蕾丝花边。

汤加人平日里都很悠闲，以至于我都怀疑除了时钟的指针外，岛上是否还有走得特别慢的指针。比方说，在公交车站等上午九点的车，可都快十点了也不见汽车的踪影，一边看表，一边等得不耐烦的乘客只有我一人。当我向站在旁边排队的汤加阿姨抱怨“公交车好慢啊”，她却笑眯眯地回答说：“不是九点的公交车吗？中午之前来就好啦。”

尽管他们过得很悠闲，但活动却很多。例如学校的、教堂的、红白喜事的等，再加上这里没有外卖店，所有的餐点都必须自己准备。曾有人拜托我给傍晚开始的派对做一百人份的牛肉咖喱。好在派对还有其他餐点，所以一百人份的牛肉咖喱，一个人还是可以应付得了的。

清晨，我系好围裙前往制作餐点的小屋，当我询问“食材在哪儿”时，却被告知“现在正在准备中，请再等等”。走到小屋背面，发现他们正在肢解牛。与此同时，大叔们还笑呵呵地问我想要哪个部位的肉。

我呆若木鸡地想，派对不是今天举行吗？汤加人为何要用这头牛做如此费事的菜呢？此外还要准备主菜烤全猪……然而，最不可思议的部分还在后面。

他们倒推出需要花费的最少时间，直到必须动工的时候才开始快速行动。汤加人以跑代替走，手上的动作快到惊人，而且还不停地使唤小孩子。

他们的这一行为，让我想起了小学时赶暑假作业的场景，我不是那种会每天做一点儿作业的好孩子，假期的大部分时间我会用来去海边玩、睡午觉、放烟花，等回过神来才发现，四十天的暑假已过去一大半，剩下的时间哪怕用双手也数得过来。此时此刻，我才第一次想起了作业这个东西，迫不得已，只好将余下的天数平均分配，每天拼命赶进度，然后在九月一日全赶完交给老师。

因此，汤加人的做事方式我不太理解。除不理解之外，一旦习惯了他们的做事方式，就连自己也会跟着慢步调起来。

深夜，我和莉西在生活教室里拼命地赶针线活。我不太擅长钩蕾丝，所以没法一边干活一边聊天。那天夜里，基本上说话的人都是莉西。

有一次，两个渔夫乘船出海捕鱼，遇上暴风雨差点儿葬送性命，幸好他们漂流到了一座无人岛。直至夜晚，暴风雨也没有停息的意思。其中一人为了求救，一直在岛上烧火升烟；另一个人则向上帝祈祷了一宿。

——你知道后来他俩如何了吗？

从我的角度出发，我自然认为求救是正确的行为，但我已经掌握莉西每次说这种话的套路了，不用猜也知道，一定是诚心祈祷的那个人迎来了圆满的结局。

——祈祷的那个人获救了？

我刚回答完，莉西就说“没错”，并满意地点了点头。她真为自己教育有方而感到欣喜。然后，她道出了两个渔夫的结果。

翌日清晨，暴风雨过去，天空万里无云，搭救他们的船只来了。彻夜祈祷的渔夫毫发无损，点火的渔夫虽然性命保住了，但火光烫伤了他的双眼，最后他失明了。

我没有追问莉西“难道不是因为他一直点火，才引来了救援的船只吗”。

紧接着，莉西问我：“听说在日本遗体都会被焚烧掉，这是真的吗？”我理所当然地回答说是，莉西则紧皱眉头地大声叫道“呜欸”。

这是一句将“阿依呜欸噢”重新排列成“噢依阿呜欸”的汤加语，意思类似“哎呀呀、哎哟喂、天哪”，比较像口头禅，有时也会直接省略为“呜欸”。

莉西以一种看野蛮人的眼神注视着我，但我知道这是因为两个国家的文化存在差异，所以并不会因此感到不快。我第一次听到鸟葬的时候，流露出的表情应该也是这样子吧。

不过非常抱歉的是，我说不出日本实行火葬的理由。因为祖先的坟墓在寺庙里，所以被询问信奉什么宗教时，我会回答佛教，但我并不认为自己是佛教徒。就连佛教教派，我也是担心万一被问起好有个回答，才在出发前的新干线月台上追问了父亲一句。

父亲的回答也很含糊，他说可能是净土真宗吧。这是谁创造出来的教派？这是个什么性质的教派？关于这些疑问，我至今仍是一头雾水。

我只知道如果自己现在死了，家人会请老家附近寺庙里的住持来诵经，然后将我的骨灰埋葬在那间寺庙的墓里。可莉西想了解的是火化的原因。

——会化作烟升天呀。

我将自己在火葬场看见烟雾时的感想告诉了莉西。她回味无穷地说“原来如此啊”，与此同时还感动地点了好几下头。紧接着，她又提出了下一个问题。

——日本人每周日都会去寺庙吗？

——Ikai.

意思是不会。日本人不会像这个国家的人一样每周日去教堂，而且一天去三次。这点也令莉西皱紧了眉头，于是我赶紧补充说：“过年、中元节及春分时我们会去扫墓。”结果莉西说：

——次数这么少，那你们死后去了天国，知道如何跟佛教里的耶稣说话吗？

她在说什么？我连佛教里的耶稣是释迦牟尼还是佛祖都搞

不清楚。更何况人死后，即便有这样的世界，我也从没想过会跟这号人说话啊。

要真得说话，应该也只是跟阎王爷汇报下吧。连用日语都回答不出来的问题，用英语和汤加语就更无法回答了，我只好以另一个问题代替回答。

——你们为什么要每周都去教堂呢？

我秉持着入乡随俗的精神，每周日也都会去教堂做礼拜。用汤加语唱赞美诗，一边聆听牧师讲话，一边想念去世的人，尽管有一大半内容根本听不懂。假如我想念的逝者的灵魂投胎转世，多半也不会想回到我身边吧，但我依旧一直在内心祈祷："对不起，对不起！"

我以为教堂里所有的人都是为了悼念重要的亡灵才聚集于此，然而……

——我们是为了练习死后能与耶稣好好对话才来的噢。

莉西如此说。她说她之所以去教堂，是为了给自己死后做准备。

——不是为了给逝去的家人和朋友做祷告吗？

我以确认的语气反问道。结果，莉西也用问题的形式回复我说：

——里耶寇，你认为死亡是一件很悲伤的事吗？

莉西平时都叫我"里耶"，可一旦落到严肃的话题上，她就会叫我“里耶寇”。我认真地点点头，表示当然很悲伤。

——死亡不是一件很悲伤的事。

莉西缓慢地说，但我无法认同。死亡怎么不是一件悲伤的事？尽管文化宗教存在差异，但应该没有人会认为死亡不悲伤，也没有哪个国家的文化宗教是这样定义的。可能是看到了我无法接受的表情吧，莉西稍稍露出了困惑的神情。

莉西的英语原本就不太利索，虽然上课规定使用的语言是英语，但莉西的课八成都在说汤加语。或许她正在脑海里拼命将这些能用汤加语流利表达的内容转换成英语，但我还要在脑袋里将英语转换成日语，这就像玩了一场十多个人的传话游戏，句子的真正含义已在无形中出现偏差。不过，莉西的话在我听来是这样的：

悲伤的是离别，不是死亡。倒不如说活着就是一场试炼，我们每周日去教堂是为了练习用我们的声音与耶稣沟通，等以后死了，能获得与他同住在一个世界的资格。我们必须每天不停地锻炼。换言之，所谓的死亡，就是被允许与耶稣共住一个世界的证明，是一件值得高兴的事。

因此，我们不应该认为死亡是一件悲伤的事。与亲人别离固然悲伤，但只要一直祈祷，总有一天我们又会同住在一个世界，一起谈笑风生。

一滴水珠掉落在绣有花朵图案的刺绣上，这是什么？我盯着看了会儿，又落下一滴。莉西用她那厚实的大手掌抚摩着我的后背，水滴再次划出一道泪痕，沿着我的脸颊往下滚落，这时我才发现原来是自己在哭。

——Sai pe.

“没关系。”莉西如此说后，紧接着邀请我去办公室喝茶。“茶点差不多准备好了吧。”她说。平时都是我自己泡茶喝，这次却不小心喝到了莉西那放了四匙白糖的奶茶，真是太过甜腻了！不过，这香甜的奶茶正好填补了深夜钩织蕾丝及不停转换语言而消耗的脑力。

我一边重新开始钩织蕾丝，一边在脑海里重温莉西说过的话。忽然，我下定了一个决心，在义卖慈善会结束的当晚，我就写了封信，然后连同在慈善会上买到的几个民俗工艺品一起寄回日本。

“不过，我好像理解错了她的意思。”

最后为了让自己有台阶可下，我补上了这么一句。尚美姐有英语、法语、西班牙语的口译证书，有时我也会请她帮忙确认课堂资料，因此她知道我的语言能力是什么级别。

“没有啦，因为你们都是用有限的单词来对话，所以感觉会有些极端，但你并没有理解错。原来是这个意思啊，连我都有点儿感动了。”

“那汤加人真的不认为死亡是一件悲伤的事吗？明明大家都哭成了泪人。”

“他们的意思是，不应该认为死亡是一件悲伤的事。”

“所以才会演奏那么欢快的曲目啊。”

我的脑海中浮现出学生们演奏过的明朗进行曲。

机场突然出现在视野内。

在停车场停好车后，走进犹如学校体育馆的航站楼，脑海中的进行曲仍在持续演奏，我的脚步自然而然地与之配合。在已经通过入关审查的宗一的眼里，或许我正意气风发地走向他吧。

我分明应该在他前方一步的地方停下来，但随着他的一句“好想见你啊”，我便被他一把搂入怀内。在旁人眼里，我们是感动的重逢，当然，他本人应该也是这样想的吧。

当我离开日本时，机场也出现了同样的画面。那时的我应该是一副恋恋不舍的表情吧，可换成这里，我还是别再假装那种神情好了。不过话虽如此，但对这个利用宝贵的串休机会、不远万里来看我的人，我还是马上说出了慰问的话。

“你累了吧？谢谢你！”

“有你这句话，我一点儿也不觉得累。”

当他在我耳畔如此回答时，我后悔了，早知如此，我就应该说“好久不见啊”。

在拥抱了许久后，我向尚美姐介绍宗一，他很有礼貌地打了招呼。

“我是理惠子的未婚夫柏木宗一，谢谢你平时帮忙照顾我们家理惠子，她常在信中提及你，因此我一点儿也不觉得这是我们第一次见面。虽然这次停留的时间很短，但还请你多多指教。”

“欸，原来你们都订婚了呀。”

尚美姐一边看着我，一边泄气地说。她一定是想问我为何没告诉她。

“咦，理惠子，你没说吗？”

“没，但也没必要吧……”

“为什么？”

他的口吻并没有责备的意思。宗一喜欢对任何事都做出详细的说明，比如，这是我女朋友松本理惠子，这是我的好朋友泷本祐司，这是我学校社团的小伙伴佐纪。无论是谁，他都喜欢加上头衔，所以就算是第一次见面的人，也能非常清晰地把握他的人际关系。还有就是，一提到某一行为他就会说明年份，例如我于一九八九年高二那年夏天前往美国留学。而且，他对我不按这个套路介绍的行为感到不解。

“你有男朋友吗？”当尚美姐问我时，我回答说“在日本”。同时，我也跟她说了我们认识的经过及一起发生的一些事，但一定要附加说明我们已经订婚了吗？

“因为……”

“因为我是寡妇，估计她不好在我面前多说吧。”

当我还在绞尽脑汁想解释的理由时，尚美姐如此解围道。此外，她还对宗一说：“理惠子还帮我去世的丈夫做了墓碑噢。”

“真是抱歉，没想到还有这一茬儿啊。”

宗一低头道歉。

“没关系，没关系啦。”

尚美姐用开朗的声音抚慰说，接着她继续催促“很晚了，我们快走吧”，于是一行三人开始走向停车场。一路上，宗一一副非常抱歉的样子，而我之所以没对尚美姐说自己订婚的事，并非出于顾及她丧夫的处境。总而言之，除我之外，他们两个看上去似乎都很尴尬。

“对不起！”

我向宗一道歉。他却拍了拍我的后背，笑着说：“别在意啦！”

难道真是我的错？

汽车奔跑在来时的路上，穿过深夜闹市区后，车子停靠在海岸旁的酒店前。

酒店名叫Dateline，是世界上最早迎接日出的国家最豪华的酒店，但规模不大，建筑的大小和日本地方县市车站前的广场差不多。汤加的气候与斐济相似，大海也都非常漂亮，即便有几家像喜来登一样级别的度假酒店也不为过。可设想归设想，因为汤加对外企规定严格，所以这里没有一家世界级的豪华酒店。

“理惠子也留在这儿吧？”

尚美姐问道。但我压根儿没做过夜的打算。

“房型是什么？”

我问宗一。

“这家酒店没有单人房。”

他摆出一副你开什么国际玩笑的不耐烦神情对我说。

“那我就留在这儿吧。”

我对尚美姐说。

“真好呀，今天你可以泡个热水澡了。”

尚美姐如此说后，挥手道别，然后启动车子越驶越远。虽然眼前的路是首都的主干道，路边却只有寥寥几盏孤灯，不一会儿工夫，汽车便消失在视野外。

宗一把我推到前台大厅，办理入住手续根本无须我翻译，或者我压根儿就不用去接机，明天早上再来酒店找他就行了。不，这样似乎不太好吧。因为他是配合今天及明天清晨的时间来看我的。

只有三天两晚的时间，我能在这期间跟他说清楚吗？

我准备对他说：请解除婚约。

宗一最初是打算住我家的。

“过完年我就去看你，我订好机票了，请你告诉我从机场到你家的路线。”收到他的来信后，我回复他说：“我住在女校里面，学校规定男人不能留宿。”其实对于异性能否留宿，我根本都没跟校长确认过。

我曾在 Dateline 酒店用过餐，但进他们房间还是头一回。进门后，能看见沙发组的茶几上摆有一个大花盘，用来装饰的花名叫九重葛，南国度假酒店的风味十足。

“终于看见充满南国海岛风格的东西了。”

他说完，伸手拾起一朵白花，轻轻插在我的右耳上。

“单身。”

“欸？”

“我是说插白花表示单身，插粉花表示已婚。”

“哦，原来如此啊，还挺一目了然的嘛。”

宗一一边说，一边将视线停在我的左手上。

“戒指呢？”

“啊，今天参加葬礼所以摘下来了，抱歉！”

“偏偏是今天啊，你还好吧？是不是勾起了很多回忆？”

宗一安抚般地抱着我的肩，缓缓将我移坐在沙发上，然后自己落座在我身旁。他是发自内心地替我担心吧？不过他刻意选今天来，不就是为了让我想起那天的事吗？

为了能在我回国的时候马上举行婚礼，他正在积极着手准备着，我写信给他让他别准备了，不知他是不是因为收到这封信才特意跑来，让我想起那日的约定。他一定是一下班就奔赴过来的吧。

“我没事，倒是你，坐飞机累了吧？稍稍休息一下，一小时后我再叫你。”

现在是凌晨四点多一点。

“不了，我不用休息。”

“那洗个澡吧？这里有浴缸和热水。话说，酒店就应该配置这些的对吧？”

“你说你每晚都冲凉水澡，搞得我还以为这里很闷热，来了才发现还挺凉的，这种天冲凉水澡不冷吗？”

“还行吧。不过等天再凉一些的时候，我会自己烧热水倒入大脸盆里泡澡。”

“这样子啊。通过看你的信想象和直接听你说还真不一样呢。你再多说些这里的事给我听吧。”

“我基本上都写在信里了呀。该怎么说好呢……对了，上周……”

我给宗一说了我和队员们离开现在所在地——汤加塔布岛，前往隔壁埃瓦岛时，中途在船上看到鲸的事。但没多久就听到了睡眠的鼻息声，宗一仰头靠在椅背上，身体瘫倒在沙发上，是的，他睡着了。眼镜都没摘，我帮他摘下后放在茶几上。

这个人是谁呢？

这个人是柏木宗一，是我从大一开始一直交往的男朋友，是一个无所不能的超级厉害的人。“你对他有什么不满意的地方？”这个问题很多人都问过我。

要是能把不满全都一口气吐出来，那该有多痛快啊。

以前我打心底里尊敬着这个无所不能的人，但也不是百分之百。他不会在人前褒奖别人，也不会贬低别人，更不会背地里说别人坏话。我常常把“好厉害”挂在嘴边，几乎都快成为我的口头禅了，所以我基本上一天到晚都在夸奖身边的人，而他貌似不太喜欢我这样。好多人一起的时候，他不会表露出来，但如果是我们两个独处，他就会说出自己的不满。

——那种水平的发球也算厉害？

——虽然是用英语给人指了路，但也就说了 straight（直的）和 right（右边）而已嘛。

——魔方才拼出来两面就扬扬得意到不行，真是不懂这种人的世界。

这些都是社团里发生的事。确实，比起使出必杀发球技，在当天下午的比赛中大获全胜的同学，宗一的发球才更快速、更精准。如果跟宗一打比赛，获胜方应该是宗一。在我们前往聚餐会场的路上，遇到一位问路的外国人，这时比起指手画脚外加只会用个别单词说明的同学，宗一的说明一定会更清晰易懂。还有，他对只能拼出两面魔方的人的嗤之以鼻的心情，我也能理解。可是……

——夸一下别人，又有什么不好呢？

——那你夸我很厉害，也是基于那种水平的夸吗？

——不是啦。我觉得宗一真的很厉害，但要用夸宗一你的标准去夸别人的话，就拿我来说吧，这辈子被人夸的次数，估计会少得用五个手指都能数得清。只要这个人的表现比平时有长进，我就会想去夸奖。还有如果遇到困难，能想出如何应对的办法的话，我也会觉得这个人超级厉害。用语言表达出来，气氛不是也会跟着变得愉快些吗？否则实在太可惜了。

——有什么可惜的？

可惜你器量小，但我不敢这样说。

——大家都知道宗一无所不能，你又何必与知道这一点的人一较高下呢？我觉得与其被我夸，倒不如被宗一夸，这样大家会更开心噢。

就像泷本学长那样，但我也没能说出口。

——可我还是不喜欢理惠子夸别人。

——那我以后只夸宗一你厉害，但你要肯定其他人小小的努力和成功。

——你果真不夸除我以外的人了？

——不夸，我跟你约定。

自从我跟宗一有了这个约定后，我就很少打心底里认为他“很厉害”了。

汤加语的“很厉害”是“sai”或“malie”。“malie”多用于演讲、跳舞、唱歌等场合，“sai”则更偏向于日常生活，意思与“做得很棒噢”相同。

来汤加后，我每天都会说一次“sai”。我认为还是说出来心情愉悦些。

宗一遵守约定，也慢慢开始对同学及学弟学妹们表示嘉奖了。当学长被一家只是听说过名字的公司录用时，宗一表示说很厉害呢。宗一在与人相处时，喜欢保持一定的距离，谈吐也很有礼貌。随着他自然而然地对别人加以褒奖后，喜欢跟他打交道的人也变得越来越多。有时甚至会有人找他倾诉烦恼，在迎合谈话主题的情况下，他也常常将自己的事说给对方听。

尽管我很开心宗一被人敬爱，但他被大家包围时，从未将我叫到身旁。对此宗一的解释是，在他与人相处时，会有个on和off的开关，假如我无处不在，他会变得很难转换。

——你本来就是从其他大学过来的，要不要试着换到其他网球社团去？你们自己学校没有吗？全是女生的那种。

大二快结束时，他这样对我说。可都已经两年了，每个人在自己所属的社团都有了稳定的人际关系，我没有自信重新融入进去。邀请我加入这个社团的佐纪也还在，而且她喜欢泷本学长，所以一定不会陪我一起离开的，想到这里，我决定说服宗一理解我的处境。

我想，他让我换社团，应该也是要提分手的意思吧。于是，我在宗一的公寓主动开门见山地说：

——假如你觉得我妨碍了你，我不会为难你，你大可说出来。

但这一切竟是我自己会错了意。宗一听完我的话，眼泪“哗”地流了出来。

——理惠子为什么不明白我只有你呀，你一定是喜欢上了别人才这样说的吧！

他一步步逼近我，我恐惧得发不出声音，他说“果然是这样啊”，然后将我推倒在木地板上，用双手勒住我的脖子问：

——为什么？为什么呀？

在问这句话的同时，他手指的力道越来越重。我被勒得说不出话，只能用瞪大的双眼告诉他："不是，不是这样的。"我的泪水开始夺眶而出，顺着眼角流入耳内，后来就连他问"为什么"的声音也听不清了。就在闭上双眼觉得快要窒息的瞬间，脖子上的压力解除了。我不知道他为什么松开了手，我连瞥他一眼的力气都没有。我直接躺在地上，侧着身子，不停地深呼吸。

——我在干吗啊？

我听见他无力的自问声。抬起眼皮仰视，我发现宗一正在哭泣。

——抱歉！你一定很难受吧，抱歉！

他再次伸出手，我全身僵硬到动弹不得，但他的手没有触碰我的脖子，而是摸了摸我的脸颊，帮我拭去泪痕后，他轻轻地摸着我的头说：

——我不能没有理惠子，要是失去了你，我会失去活下去的自信。

我不清楚自己凭什么让他觉得我有如此重要，但在这之前，我的人生中没有任何人会这样无条件地需要我。我拽住那根伸向我的手臂，一把拉过来，以卧倒的姿势抱紧宗一。

——对不起，我不该对你起疑心的。理惠子之所以会那样说，都是我的错。我是为了不让别人抢走你，才让你保持距离的，因为我的私心，反倒让你感到不安了。

我很高兴他能理解我，尽管刚才恐惧得要命，但在得知他如此深爱着我的时候，我决定接受他的一切，并且成为他的女人。

打那之后，宗一便开始向周围的人强调他对我感情很深，不过他倒也没有到处放话惹人嫌。如果社团有人找他商量跟女朋友吵架了要怎么办，他会先跟对方说“就拿我和理惠子来说吧”，表示他很重视我，然后他会根据实际问题向对方提出解决方法。如果有人跟他说被女朋友甩了，他会一脸严肃地说换作自己一定会活不下去。

理惠子到底哪一点儿好？以柏木学长的条件来说，眼光完全可以更高的。就是说嘛，好羡慕呢。——学妹们的这些话也常传入我耳内，她们一定是故意说给我听的吧。

每晚十点，他一定会给我打电话。我说我今天要去佐纪的公寓留宿，他就直接打电话到佐纪家，最后搞得佐纪都嫌烦。

——你不觉得这样压力很大吗？

佐纪问我。

——有点儿吧。

虽然嘴上说有点儿，但其实心里压力很大。如果十点没接电话，还要跟宗一说明理由，心真的很累。

——是我妈的电话啦，她很爱唠叨，我都说要挂了还在那边说个没完。

——反正是自己爸妈，挂掉再打不就好了。话说，电话那头真的是你妈吗？

——真的是我妈啦。

——那你说你们都聊了些什么。

没办法，我将宗一来电的事一五一十告诉了佐纪，我希望她笑着跟我说这就是你被爱着的证据，然而佐纪皱起眉头说：

——这样不太乐观噢。要是继续恶化的话，会对你不利。不过，柏木学长应该不会动粗吧。

我没敢将他勒住我脖子的事告诉佐纪。

——我会帮你想想有没有其他好办法。

我的事暂告一段落，接下来我们要商量的是佐纪的烦恼。她想跟泷本学长表白，可苦于不知该如何开口。

泷本学长是我们社团里高我们一届的前辈，他很开朗欢乐，是个非常体贴的人。如果聚餐时有人难以融入，他会悄悄移到那个人身旁跟他说话。他和宗一一样，无所不能，但他有很多白痴往事，总能把大家逗得哈哈大笑。

而原本不太擅长跟人打交道的宗一，之所以会加入气氛活跃的网球社团，就是受泷本学长所邀。宗一和泷本学长是老乡，毕业于同一所高中。

大家的笑颜就是我的笑颜，大家的幸福就是我的幸福。

这是泷本学长的口头禅。因为他在大家眼中是这样一个人，所以我以为他与女朋友的相处一定很顺利，但最近听说他分手了。分手的理由，好像是他女朋友无法接受他对其他女生和对自己一样好。

听到谣言后，佐纪想趁机向泷本学长表白，但她又不知该如何向泷本学长开口，她渴望有个契机。可关于这件事，我们当时实在想不出什么“好主意”。

不过数日后，我和佐纪以有美酒为由，邀请泷本学长一起吃火锅。坦白说，五月并非吃火锅的季节。我问佐纪是否想好了作战策略，她却回避我说稍后再谈。

集合时间是下午五点，为了配合宗一做家教的时间，正式开始吃火锅的时间是七点。佐纪邀请泷本学长的理由是：要不要四个人一起吃顿火锅？她是想让我和宗一吃完尽快撤退的意思吗？

刚走进泷本学长居住的破公寓，佐纪就环顾四周说：“不知和理惠子家比，哪个更旧些。”

——我这儿和宗一的公寓是没法比了，不过理惠子你也住这种破公寓吗？

——是学校介绍的女生专用公寓。

——欸，听上去似乎父母会很放心。那佐纪呢？

——我住在一居室的公寓里。五层楼的建筑，超级漂亮呢。

——那下次去你那儿玩吧。

我们聊了会儿各自的居住环境，现场气氛瞬间火热起来。随后，我们开始切菜、端出石油气边炉，准备煮火锅。在此期间，泷本学长给我们说了些自己兼职打工的趣事，当他还在补习班做讲师时，他特意选了个学生们只求能顺利升级的班级，这还真是泷本学长的作风。

——我呀，花了三十分钟给他们讲电池。讲完之后，我问他们电池里都有什么呀？结果你们知道他们怎么回答的吗？说有鲜奶油！我那三十分钟在他们眼里到底算什么？真是太心塞了……

佐纪放声哈哈大笑起来，而泷本学长还在一个劲儿地吐槽诉苦，说着说着最后自己也忍不住笑着说："不过能博君一笑也好。"话音刚落，泷本学长的神色突然变得严肃起来。

——理惠子，宗一是真的不能没有你。

他怎么突然提起了这个？我一脸讶异地暗自心想。

——佐纪来找我商量，说宗一对理惠子的控制欲太强，希望我能帮帮你们。

我瞟了眼佐纪，她掌心相合地向我道歉：

——因为我不知该如何帮你。

你根本不是为了帮我，而是为了能跟泷本学长搭上话吧！——虽然我心里是这样想的，但没说出口。因为我不会说让人伤心的话。

——没关系，这件事我不会告诉宗一，所以请你放心。话说，宗一对你动过手吗？

泷本学长问。

——没有，而且我们的关系也还没到令我烦恼的程度。只是他每天都会给我打电话，感觉压力有点儿大。其实通话时间也不是很久。

——你喜欢那家伙吗？

——嗯，喜欢呀。

——那就好。关于打电话这件事，我会再找机会跟他说，让他不要每天晚上都打给你，那家伙以后也请你多多关照噢。

——关照？我可什么都没做噢。

——你不是常常夸他很厉害、超厉害吗？

——这也不算什么关照吧？

——你之所以会这样想，是因为你小时候常被周围的大人夸奖。

泷本学长说完，紧接着又将宗一家里的事告诉了我。

宗一的父母在他上小学前便离了婚，他跟着爸爸过日子。没过多久，他爸爸就再婚了。他的继母绝对不是坏人，不仅家务打理得很好，对宗一也关爱有加。但他们两个人之间总有距离感，无论宗一赛跑拿了第一名，还是考试得了满分，她都不会夸奖宗一半句。

——可学校里的老师和朋友会夸奖他吧？

——农村里的老师莫名地在意公平性，他们宁可夸奖表现不好的孩子，而孩子们也不会夸奖一个看不起自己的家伙。

——啊啊……

原来宗一在那么小的时候，就已经存在这些问题了呀。

佐纪开口道：

——而且呀，理惠子你可能没察觉到，你会在我们希望的时候说我们想听的话。比如在我就快要承受不了压力的时候，你会跟我说：最近是不是很累？要注意稍微休息下噢。我觉得这不是任何人都能做到的。听到你的问候，我就会想，原来平时你这么关心我，好开心呢。这是理惠子拥有的才能。在刚入社团时，柏木学长给我的第一印象是很难沟通，但学长自从和理惠子交往后，整个人都变得和善多了。

——我也深有同感。原本我是打算自己来改变那家伙的，但对他而言，并不是任何人的夸奖都有效。那家伙想听到的话，只有理惠子才能说给他听，所以……

泷本学长还未说完，我就默默地点了点头。在知道宗一的诉求后，即便每晚都要接听他的电话，也变得没那么痛苦了。我想，他应该会珍惜我，不会背叛我吧。

好想快点到七点啊。我已经想到等他收工回来要对他说的第一句话了，此时此刻，我的内心是暖暖的。

暖暖的——一睁开眼，发现自己躺在宽大的床上，窗外的光亮很刺眼。

“怎么会这样？”

我立马坐起身，瞟了眼床边的时钟，现在是五点多一点。还好，我没有睡过头。当下正值汤加的盛夏时期，日出很早。

“你坐着就睡着了。”

身旁传来宗一的声音。我将视线移向他，只见他靠在枕头上，伸直的大腿上放有一台打开的笔记本电脑。帮他摘下的眼镜，又出现在了他的鼻梁上，现状到底是怎样逆转的呢？

“我还以为自己在清醒地想事情，到底是从什么时候开始做梦的呢？”

“你在想什么事？”

“大学时的事。”

“比方说？”

“……反季的火锅派对之类的。”

“啊啊，在泷本公寓里的那次呀。泷本喜欢佐纪，所以约我们一起四个人吃饭。”

原来宗一知道的真相是这样的啊。

“先不说这个了，你现在在处理工作吗？”

我看着他的笔记本电脑问道。

“没。我本想准备好给理惠子你看的，但后来实在抽不出时间整理完所有内容。你看，就是这个。”

他将屏幕转向我，画面是纯白色的婚纱。

“这是什么意思……”

“你不是写信让我别再准备婚礼了嘛，我就一直在想你为什么会那样说，想了很久才发现，对女生来说参与准备婚礼也是一种乐趣吧。举办婚礼的饭店是公司那边决定的，但其他方面，例如包厢、餐点都是我直接向你汇报，这样你定然觉得很没意思吧？所以，我打算将婚纱、音乐这些需要选择的东西整理成文档给你。”

说着，宗一在屏幕上点开另一件婚纱。

而我写信让他别再准备婚礼的真实意思并非如此。

“我觉得这件蛮好的。”

他给我展示的这件婚纱设计确实是我喜欢的类型，可看完后我的心情愈加沉重起来。宗一不是那种天真到不明我意的人，他定然是理解到了我的真实意图，才假装不懂地在我面前曲解。

他要能明白我的意思就好了——这是我写信给他时的心情，现在看来是我把这件事想得太美好了，但心里话总归还是要说清楚。然而，那个时间马上就要到了。宗一也看了眼时间。

“这个稍后再说吧。”

宗一关掉笔记本电脑，下床打开行李箱，拿出一个细长的盒子后将其放在桌上，盒子里装着泷本学长喜欢的一款日本酒，以及乳酪鳕鱼块。泷本学长喜欢就着鳕鱼块喝酒，虽然跟他开玩笑说："你的酒和下酒菜是不是非常不搭？因为完全不是一个级别的啊。"他却笑着回答说："搭不搭与级别无关。"

然后，宗一又掏出一个木盒，盒子里有一个红色雕花玻璃杯和一个蓝色雕花玻璃杯。这和泷本学长与佐纪一起出门旅行时给我们带回来的礼物很像，甚至雕工比那对还要细致、高档。

"坐吧。"

我听从宗一的吩咐在沙发落座，宗一也在我身旁坐下。他将红色玻璃杯放在我眼前，将蓝色玻璃杯放在自己跟前，然后再从盒子里取出日本酒，分别倒入两个玻璃杯内。紧接着，宗一从包装袋内抓出一把乳酪鳕鱼块。

时间如同被精准地计算过般，那个时刻终于来了。我们不约而同地闭上双眼，我脑海中浮现的不是那日那一瞬发生的事，而是最后一次见到泷本学长时他的表情，以及我最后对他说过的话。

抱歉、抱歉、抱歉，我不该说那种话的，抱歉。

睁开双眼，宗一正注视着我。

"从今往后，我们也要两个人一起追寻理惠子当下存在在此的意义，追寻将理惠子拯救出罹难的恩人所托付的心愿，彼此珍惜守护下去。”

说完，宗一举起玻璃杯，我也同样端起杯子。我们没有干杯，而是将玻璃杯静静地凑到嘴边。吃了一块乳酪鳕鱼块后，我们继续慢慢喝酒，与此同时，也在心中回想救命恩人最后嘱咐的心愿。

我没法打破约定。

酒瓶渐渐空了，我和宗一躺回床上，我将脑袋枕在他手臂上，如果此时我对他说“婚纱就选刚才那件吧”“搞了半天，婚礼的事还是全部交给宗一你来处理好了”，他一定会非常高兴吧？

婚礼纪念品要不要就送雕花玻璃对杯？不，还不等我说，他应该就会建议这样做吧？我也是这样想的……

就这样好了。

上午时分，我们走出酒店，打算先去街上吃顿午餐，然后再去学校。

我提议要不要参加尚美姐企划的半日游行程，但宗一说他更想看看我平时生活的地方。午餐也是，他说要去我平日里光顾过的餐厅，于是我带他去了廉价的中国餐厅。

明明只在这里待三天两晚，吃饭的次数也是寥寥几顿，他却要跑来体验这个，真是替他惋惜。他说，那我们晚上去吃好吃的吧！因此，我预约了街上唯一的法国餐厅。因为宗一说要请尚美姐一起用餐，所以我预订了三个人的座位。

“这是哪儿？”

宗一突然驻足在大马路旁颇具东方风格的建筑物前。

“是汤加大教堂。”

“这是教堂？完全没有一丝的南国风情，真是不可思议呀。”

宗一边说，边拍照，然后继续前行。走着走着，白墙搭配蓝屋顶的校园由远及近地映入眼帘。

“我想换件衣服，可以先回趟家吗？”

“啊啊，当然。”

我们穿过校门，往我住的地方走去。管乐队的演奏此时已结束，遗体估计也下葬了吧，数学老师丹尼耶拉正将铁锹从卡车的装货台面上卸下。

“Rie！”

他看见我了，立马边打招呼，边走向我。

“moa？”

他别有用心地笑着问。

“Io.”

我如此回答后，他笑得更“奸诈”了。

“莫啊？”

宗一问我。

“他问你是不是我男朋友，我说是。他是数学老师丹尼耶拉。”

我介绍完后，宗一开始用英语向丹尼耶拉打招呼。丹尼耶拉用汤加语跟我说：“他的英语比你强噢。”然后，丹尼耶拉也相应地做了自我介绍。紧接着，丹尼耶拉向宗一询问了几个惯例问题——叫什么名字呀？职业是什么？你父母的情况呢？

“啊？”

原本用英语流利回答着问题的宗一，将视线移向我。

“回答你父亲叫什么名字就可以了。”

“可我父亲又不是什么名人，只是写过两本经济学的书而已，这个也要说吗？”

宗一的父亲是地方大学的教授，尽管有些名气，但还没到尽人皆知的地步，因此宗一感到有些困扰。

“我想只要说下名字就可以了。”

宗一摆出一副不太能理解的神情报出了自己父亲的名字，丹尼耶拉满意地点点头，然后满脸骄傲地介绍自己的父亲。当然，宗一并不清楚丹尼耶拉的父亲到底是谁。

我带宗一进屋，一开门便是起居室，然后是厨房，再往里有两间卧室，其中一间我用来做储物室。

我煮好热咖啡端给宗一，接着自己回到卧室换衣服。

“香草咖啡，味道是不是很赞？听说是用咖啡豆和干燥的香草一起磨出来的，要不要买点回去当伴手礼？”

我边说，边走回卧室，宗一则站在房间一角的书桌前，那里有什么吸引他眼球的东西吗？难道是在看相框？

“那张照片是我住在哈派群岛时借宿的房东家的全家福，我在信里跟你提过吧？我跟他们一起度过了圣诞节及正月，他们非常亲切。”

“是吗……”

他的回答听上去似乎并无兴趣，看来他在意的不是照片。

“有人经常来这里吗？”

他背对着我询问道。

“学校的老师、队员都会过来。啊，正如你所见，隔壁是女生宿舍，大家都是女孩子啦。你为何这样问？”

“这个。”

回头的宗一将放在桌边篮子里的魔方递给我。

那是我离开日本时，在机场为我送别的宗一给我的，或许它的寓意是勿忘初衷吧。当时宗一从他背包里拿出来的时候，魔方的六面都已拼好，但递给我之前，他把魔方打乱了。我没有问他为何打乱，我想他的意思应该是在我每次想要拼好的时候都会感慨“好难啊，我就是拼不好啊”，然后借此想起他的厉害之处吧。

“全都拼好了。”

“啊啊，那是我自己拼好的。”

宗一看了眼魔方又看了眼我，然后将魔方放回篮内。

“你不夸我一下吗？”

“只要明白旋转方法，谁都能拼好的。”

确实如此。虽然看上去乱七八糟，但这种乱七八糟是有条理性的，是有理可循的。既然如此，宗一直接把旋转的方法教给我不就行了，为何非要眼睁睁地看我拼不好，然后自己默默拼好？难道就是为了听我夸奖他一句“好厉害，超厉害”？被我夸奖的宗一是不是很沾沾自喜？

倘若宗一的自尊不被肯定，他的人生就无法成就吗？更何况还是这种小到连自我存在的意义都无法满足的自尊……真是无聊透顶！

“我们差不多该出发了。学生们一定在胡思乱想我们正在屋里干吗呢。”

“我好像听到窗外有人在窃窃私语。原来如此，我还真是没法住在这儿呢。不过你的戒指呢？”

“啊？对噢，对噢，戒指。”

我走进卧室，开始翻找存放小物件的盒子——没有。返回起居室，拉开书桌的第一层抽屉，没有；第二层，也没有；第三层，还是没有。最后看见戒指是什么时候来着？

我蹲下四处寻找，突然有人拍了拍我的肩膀。一回头，戒指就在眼前。

“难道是你藏起来了？”

“我在魔方旁看到的。原来你全都放在一起啊。”

说完，宗一托起我的左手，将戒指戴在我的无名指上。

“嗯……”

除此之外，篮子里还放了尺子、圆规及创可贴。所以，这并不是什么特别的地方。刚才翻找时，我压根儿就没找过篮子，这一点他应该也察觉到了。

“那我们走吧。”

宗一松开我的手，站起身来。穿好鞋，走出玄关，我用戴有戒指的手牵住他的手。既然我已再次认识到无法打破约定，那就这样做吧。

学校于一月二十五日开学，已经返回宿舍的学生们正在做校园大扫除，有的除草，有的擦窗户。每当从她们身旁经过，都能听见她们一边嘀咕“莫啊莫啊”，一边偷笑的声音。就这样，我们在宽敞的校园内走了一圈。

“学校竟然比我想象的还要大，真是太惊讶了。”

当宗一看见电脑室时，露出了十分惊叹的表情，他甚至开始质疑日本政府有无必要用国民的税金支援设备如此完善的地方。接着，他问我汤加的GNP[1]是多少。我来汤加前还记得的，可现在却完全想不起来了。当时积极学习的冲劲儿都去哪儿了？

因为自己被大恩恩泽，所以想要报恩，也正因如此，才选择申请加入志愿队。

难道面试时我不是这样说的吗？

走出学校，我问宗一想去哪里，他说想去方才路过的教堂看看。对，就是汤加大教堂。那里不是旅游观光的景点，所以不收门票，而且只要是白天，谁都能进去。

“原来室外是东方风格，室内是南国风情呀。”

宗一仰视着天花板说。上面有贝壳做的装饰。

围绕祭坛和墙壁的装饰物是彩绘玻璃及贝壳，为了能一眼环视全景，我和宗一肩并肩坐在位于入口附近的长椅上。

“你每周日都来这里吗？”

宗一发问道。

“没。这里是天主教教堂，我去的是另一个教堂。学校所在的那条路上，不是有栋很像教堂的建筑物吗？”

“如此说来好像是看到过。”

---

1 GNP：国民生产总值。

比起这座教堂，宗一似乎并没太注意学校旁的那座。

“可是因为尚美姐是天主教徒，有活动的时候，她会邀我一起来这里。”

“你也可以参加吗？”

“我原本就不是基督教徒呀。无论去哪座教堂，或者哪座都不去，都不会招来非议的。”

“可你每周都去。”

“一天去三次真是太累了，所以我只上午十点去一次。”

“那就是说，你在如此遥远的国度，为一个人祈祷了将近一年呀。”

我不停地祈祷：对不起、对不起、对不起！我将左手搭在椅子上，宗一伸出右手轻轻放在我的左手上。假如不逃离这只手，就是对泷本学长的忏悔吗？

“汤加人都在祈祷些什么呢？”

宗一望着高高的天花板问。

“听说他们来教堂祈祷，是为了练习死后能和耶稣好好对话，能和耶稣同住在一个世界。”

“和耶稣对话？”

“嗯。在我的意识里，我认为应该是接受阎王爷的审问，但一想到汤加人到时候会说些什么，脑海里便立马浮现出那几个问题：你叫什么名字？做什么工作？父母是谁？为何要问父亲的名字？而且大家都是满脸骄傲地回答。如果死后真的要被盘问这些问题，那还未出生的胎儿要怎么回答呢？”

“这个嘛……”

我在教堂祈祷道歉的对象，除泷本学长以外，还有一个小小的生命。

我察觉自己有可能怀孕，是在吃反季节火锅的那天。

尽管我是个没有太大优点的人，但在知道宗一竟然如此需要我后我很开心。虽然我不知宗一是否察觉到了，但我决定要一直陪在他身边。

我提议尽早离开火锅派对，理所当然地和宗一一起返回他的公寓。

路上，我主动去牵他的手，对自己被利用一事也完全不在意，甚至还说了“要是佐纪和泷本学长能顺利在一起就好了”这种幸福者居高临下祝福别人的话。关于打电话，我也想每天听到宗一的声音，于是我坦率地对他说：“谢谢你每天给我打电话。”

宗一总是把自己的一居室整理得干干净净，但那天进屋后我发现桌上及地毯上随意摆放着一些求职信和公司简介资料。那年是泡沫经济崩溃、求职冰河期等形容词诞生的一年，即便宗一毕业的大学名列前茅，也难免遇到求职瓶颈。

虽然现状如此，我仍列举出他的长处，并鼓励他说：“宗一一定可以的！不会有公司愿意错过你这样的人才。”

——为了理惠子，我必须进入成功的企业。

宗一说完将我拥入怀中，然后在我耳畔呢喃：“等理惠子一毕业，我们就结婚吧！”

我默默地点点头。

然而，我们两个上床后什么也没发生。我靠在宗一的手臂上，他已昏昏欲睡。在发生关系这件事上，我从未主动要求过，我用“他也许是疲于求职和兼职打工吧”来安慰自己，但多少还是有些不安。事实上，当他想要时我会觉得烦，可当他没提出要时我又会忐忑，这样的自己真是够了。

——不做吗？

借助熄了灯的黑暗，我问他。结果他回答说：

——今天你不是不太方便吗？

我是个向来生理周期都很准时的人，可最近我竟然没注意到，从上个月开始自己的生理期就停止了。

——这个月好像有点儿晚。

当时我不敢说上个月月经没来，等到翌日，我便直接冲进了妇产科。

在我公寓对面有栋挂着小招牌的古老建筑，其实我也不清楚这家诊所有无营业。我的房间位于一楼，而诊所的入口就在我家正对面，但我从没见过抱着新生儿出入的母亲，反倒是每两三个月的深夜，会有诵经的声音传入房内。

正因为是这样一个地方，我才可以不在意旁人眼光地走进去。满头银发的老医生喃喃地说："你还是大学生啊？"接着，他告诉我我已经怀孕八周。老医生给我看超声波照片，但胎儿小到我压根儿找不到在哪里。

宗一只有一次没有采取避孕措施，那次就发生在他勒我脖子的那天。

老医生没有恭喜我，取而代之的是问我有何打算。我毫不犹豫地回答"我要生下来"，而且我以为宗一一定会很开心。

——拜托你去堕胎吧。我现在正处在求职的关键阶段，要是被应聘公司知道我有孩子的话就完蛋了。不过我会负责的，等一毕业我就跟理惠子结婚，我会让你幸福的，也会好好珍惜你，所以这次希望你能谅解。

翌日，他递给我一个装有现金的信封，每晚给我打电话时，也都会第一时间确认我有没有去医院。当我回答说还没去，他就会在电话那头深深地叹口气，然后问："要不要我陪你一起去？"

一周后，我告诉宗一我今天去医院了。

又一周后，宗一被第一志愿的大型商社录用了。

别说"好厉害"，我连"恭喜你"都不想说。我以身体不适为由拒绝见面和接电话，我已经很久没有听到电话里宗一的声音了。

在挂掉电话的瞬间，我感觉很难受，而且有点儿发烧，肚子也很痛，痛到无法忍受的地步，我感觉有黏糊糊的肉块正从胯下流出。

我的意识渐渐变得模糊起来，就连起身走到数米开外的诊所的力气都没有。我给佐纪打电话求救，正巧泷本学长也在。挂断电话，他俩骑着摩托车赶到我的公寓。进屋后，泷本学长二话不说，直接扛起我，佐纪陪在一旁，两个人快速地将我送至医院。

我流产了，其实我并没有去堕胎。我原本打算和宗一分手，读完大三上学期就休学回老家生孩子。

不知情的泷本学长立即联系了宗一。我拖着疲惫不堪的身子返回公寓，躺入佐纪帮我铺好的被窝，正当要闭目养神之际，禁止男生出入的旧公寓走廊响起了急促的脚步声，下一秒，宗一便冲了进来。

——理惠子，对不起！

他紧抓住我号啕大哭起来，以至于我连思考小生命到哪儿去了的空隙都没有。我只记得自己当时凭借最后的力气爬起身，从书桌的抽屉里拿出装有现金的信封，一边狠狠扔向宗一，一边大喊：“给我滚出去！”

“虽然并不清楚胎儿的性别，但我感觉是个男孩。这个男孩没有名字，他父亲叫柏木宗一，在银行工作。尽管求职时被最想去的商社录用了，但为了向男孩赎罪，他放弃录用，选择了银行这个第二志愿。”

我压根儿没要求他这样做，这都是宗一自己的决定，最终他也只是在决定后向我说了声而已。

“别说了！”

“嗯，我不会再说了。可我希望你现在能向那个孩子忏悔祷告，我们还没一起这样做过吧？”

“我也可以祷告吗？”

我没有回答，而是默默地倚靠着他。

社团的人不知道我怀孕的事，但宗一为了我放弃好不容易才录用的第一志愿，退而求其次地选择第二志愿的事倒是闹得沸沸扬扬。仅凭这点，就有好几个人责骂我人品太差，如果提分手会不会好点儿？我已经没有气力及体力承受这些恶意中伤的人不负责任的闲话，光是维持每天的正常生活就已让我筋疲力尽。

宗一应该以为自己尽最大所能赎过罪，而且我也原谅他了吧。那年圣诞节，他送了枚闪闪发光的石头戒指给我。

但我没有收下，无论谁来指责我，我都不会收下。不管宗一如何需要我，我这一生都不再需要他了。

年后第一次见面的那天，我把戒指还给了宗一，在提出希望今天能分手后，我立场坚定地转身离去。宗一给我打电话，我不接。就算明知他在我公寓房门外，我也绝对不拉开窗帘。

然而就在当下，我的左手无名指上正戴着那枚戒指。

“你说，我们真的能与逝者再相会，和他们说上话吗？”

“……抱歉！”

我不清楚宗一在为何事道歉。

走出教堂，我们漫步在沿海公路上。逛过市场后，我们站在墙外眺望王宫。

为了实现宗一看一眼太平洋的愿望，我们在一家名为法雷克洛阿的小商店买了两瓶汤加啤酒，走至白沙滩，面朝蔚蓝色的大海坐下。我轻松散漫地喝着啤酒，忽然有种自己是名游客，明天就要坐飞机回日本的感觉。

我到底来这个国家干吗？

有个人曾跟我说，等我大学一毕业就结婚。我是在拖延犹豫吗？是为了与宗一拉开距离吗？是因为宗一不会反对志愿者这份工作吗？

要是果真如此，那还不如明天就回国。

不应该是这样的，我应该是被一股更巨大的动力驱使着才对。但我无法否认的是，这个国家的生活环境很舒适，能和汤加人愉快地度过两年是一件美好的事。

“我要不要跟你一起回日本呢……”

我面向大海喃喃自语，又静静地抬头仰视宗一。我以为他会很开心，但他像是没听见似的，默默地眺望着远处的海平线，然后开口道：“理惠子，我们来聊聊那天的事吧。”

事到如今，为什么非要在这里聊那件事呢？我假装没听见，将视线移向海平面。

退还戒指后的一周，那天的前一天，天色即将漆黑的时候，宗一给我打电话说希望我现在能去一趟他的公寓。他用走投无路的声音对我说，无论如何都希望见一面，如果黎明前我没过去，那将是我们永远的别离。

我已经不想再见宗一了，但如果今晚我不过去的话，宗一……真的打算自杀吗？

然而我深知他最爱自己，他是个可以为了求职牺牲掉自己孩子的人。即便放弃第一志愿的公司，也不是为了向我和孩子赎罪，而是为了减轻他自身的罪恶感。而且，他放弃第一志愿也是在被银行录用之后，那两家都是他很想去的吧。

这种人不可能会因为我退还戒指就自杀，我都不用多想，他定然是想等我到了之后说你终于改变了心意，然后将那枚戒指再次给我戴上。要是这样，我就没法再还给他了。

为了不再接到他的胁迫电话，我拔掉电话线，调高电视音量。晚上约十一点时，面对马路的我的房间的窗户传来“咚咚咚”的敲击声。

出于第一反应，我想或许是宗一，但我们公寓的走廊属于内建式，那些忘带公寓大门钥匙的住户，也常在这种时间敲我窗户请我帮忙开门，于是我微微拉开窗帘确认室外。

站在窗外的人是泷本学长，身旁停着辆摩托车。我随即打开窗户。

——能借一步说话吗？

听他这么说，我有些犹豫，因为我知道他是为了宗一而来，但泷本学长有恩于我，是他将我送去医院的。想到这里，我披上外套，走出公寓。

——找我什么事？

我双手插在外套口袋里，吐着白气询问道。

——理惠子，我拜托你了，你去一趟宗一那儿吧。

泷本学长收起平日里嬉皮笑脸的神情，一脸严肃地说，但我听不进他的话。他既知我流产，就应该知道宗一曾催促我堕胎的事。不管他们的哥们儿情谊有多铁，我仍无法理解这件事他为何要站在宗一那边。

——我不想去。

——这是为了你们好，拜托你现在就去找那家伙吧。

泷本学长说完，脑门及膝地向我深深鞠了个躬。

我听见一阵轻微的开窗声，稍作回头，视线正好与家住公寓旁的房东阿姨对上。

——好吧。

我压低嗓音回答说，泷本学长立即开心地抬起头。

——你真的愿意去吗？谢谢你！我送你去吧？

他冲摩托车扬了扬下巴。

——不用了。现在还能赶上最后一班电车，我自己去。

——可是……

——我一定会去的，所以请你先回去吧。这样你应该满意了吧？动不动就拿大家的幸福说事，简直伪善到了极点。我最讨厌泷本学长这一点。

虽然我很后悔自己说得太过，但一想到待会儿必须去找宗一，我就觉得没有必要道歉。

——对不住啦！

泷本学长无力地说，戴上安全帽后便骑车离去了。

没过一会儿，我搭电车来到了宗一的公寓。宗一请我进屋，抱紧我的同时他察觉到我那备受流产贫血之苦而变得血色全无的脸蛋，单独给我铺好被子后，他开口说：“等天亮再谈吧。”

然后，那天的那个时刻来临了。

和泷本学长告别所招致的，令人绝望的事情发生了……

为了保护我，宗一扑在我的被窝上。

数小时后，我和宗一赶回“紫罗兰庄”，呆立在公寓前的房东阿姨跑向我，一把将我搂进怀里。

——啊啊，松本小姐，原来你不在房间里啊！原来你平安无事呀！

越过房东阿姨的肩膀，我看见公寓二楼的屋顶就在与我视线同高的地方。

我一直眺望着海平线，身旁的宗一用平静的口吻谈起那天的事。

我觉得那天的前一晚我叫理惠子去我家是天启，理惠子迄今之所以还能健康地活着，都是受我的引导，是我保护了理惠子。

但没过多久，我便得知了泷本的死讯。

泷本的葬礼结束后，我从佐纪那儿得知，原来是泷本说服理惠子来找我的。此外，我还知道了另一件事。倘若不是为了我们，那晚泷本本来是要在佐纪公寓留宿的。

无论是泷本的父母，还是佐纪，他们都没有责怪我们。

但我们一起商量了下以后要如何活下去。

我愿用一生守护被泷本拯救的理惠子，理惠子也接纳了我的心愿。就这样，我再次将戒指送给了理惠子。

我一直对自己说这样走下去就好，我也知道理惠子之所以做出这种选择是出于对泷本的感恩，但我决定独自承担下来。

为了参加国际志愿队，理惠子要延迟婚约两年，对此我没有提出反对意见。

看理惠子寄来的信，我感觉身在遥远南国海岛的理惠子的想法在慢慢发生变化，因此我决定过来见你。我假装没有察觉事情正在恶化，并努力用对自己有利的方式向你解释，借由一起追思泷本，想再次确认理惠子的心意。

我想就这样吧，但又做不到。

我无法打破与泷本的约定。

“约定？”

我转向宗一，以反问的语气重复了一遍他的话。原来宗一和泷本学长之间也有约定啊。

“你要认真面对理惠子，好好地和她聊一次。推心置腹，促膝长谈，以免今后后悔，真诚地将自己的心意转告给她。需要道歉的事就好好道歉，然后从中得到解脱……那家伙是这样说的。”

“什么时候说的？”

“在你退还我戒指后的两三天。正因如此，我才叫你去我公寓找我。我当时想的是，无论你来或不来，这都是我最后一次联系你。”

“你果真是这样打算的？”

“是泷本说服我的。‘你对理惠子最大的诉求是她说的话，但理惠子不是专门向你提供鸡汤的机器人，她现在已经被伤得体无完肤，难道不是吗？你现在已经不像过去那样会为自己存在的意义而苦恼了，假如今后还有不安的时候，你可以随时来找我。虽然我不清楚我的话能给你带来多大的治愈效果，但我会尽力的。’……这是他的原话，应该一字不漏。”

“泷本学长说过这种话？”

“可那天夜里理惠子来了，我却没能遵守约定。泷本明明帮我叫来了理惠子，但我认为那种状况下两个人能待在一起才是最好的。我觉得理惠子无法一个人承受所有，而我自身也没有太大信心。纠结来纠结去，最后又变成不舍得放手。就算你觉得我很卑鄙，我也无话可说。”

“你是为了跟我说这些才来汤加的吗？”

“一半是想说，一半是想维持现状。”

“既然各占一半，那你为什么还是说出来了呢？”

“对啊，为什么呢？出现在机场的理惠子朝气蓬勃，简直判若两人，为此我很开心。但跟我在一起时，你又回到了离开日本前的理惠子。一旦出门，你又让我觉得你很愉快，估计多半是因为这个国家的气氛很适合你吧。魔方也都拼好了，我认为这是重新开始的暗示。还有教堂，上帝不会宽恕我迟迟不守约定吧。而且我们还一起给孩子祈祷，如此一来，我相信自己已经没有遗憾了。”

“所以才要来这里？”

“我要说出我的重大决定，因为眼前的风景漂亮到让我觉得这些琐事根本微不足道，只有在这里我才敢说出来。或许都没有必要道歉，但假如只能对你再说最后一句话，我想说：‘谢谢你让我和你一起做祷告。’……啊啊，如此一来，我终于实现了那个约定。”

宗一的视线从远方的海平面移向湛蓝的晴空，他一定是为了不让泪水流下来吧。

“我要如何回答？”

“你可以什么都不用回答。”

“可我压根儿不知道你和泷本学长有这样一个约定，而且最后我还对泷本学长说了一通非常过分的话。我说他很伪善，还有我很讨厌他这点。我做了无法挽回的错事，即便你实现了约定，我却什么也没替他做。”

宗一满脸诧异地看着我，但随即又恢复了平静，他仰望一眼天空，继而又看看我。

"跟他道歉就可以了。虽然不知会在多少年后，也不知相距是远是近，但往后你还会再与泷本相遇，和他一同说话。尽管泷本不是基督教徒，但这与宗教无关，世上的每个人终归都会去到那里。所以下次见到他时，不仅要道歉，还要胸有成竹地告诉他，我们此生是如何度过的……我们彼此都加油吧！"

宗一的诉求是我对他说的一些话，但我曾向他说过如此感人的话吗？

我望着遥远的海平面，再次将目光投向高不可测的天空。

走进餐厅，尚美姐已经坐在我预约好的靠窗的座位上。宗一说他守约及毁约的心意各占一半，或许在他邀请尚美姐共进晚餐时，就已决定今晚要得出个结论吧。

"你们真的不嫌弃我吗？"

我和宗一肩并肩在尚美姐对面落座，尚美姐非常客气地询问道。

"请给我一次谢谢你深夜来机场接机的机会。"

宗一说。尚美姐听到这个理由后说："既然如此，那我就恭敬不如从命了。"我们点了主餐配有大龙虾的套餐，美酒是新西兰红酒，然后三个人开始闲聊起在街上散步的事。

"好不容易来一趟，明天上午就要坐飞机回去，真是太可惜了。"

尚美姐对宗一说。

“因为我来这里的目的已经实现了。”

宗一没有看我，直接回答说。此时红酒和前菜都已端上桌，我们三个人干杯庆祝。

吃饭期间的主要话题是尚美姐的宾馆。尚美姐向宗一说明了外国人在汤加创业时需要遵守的规定及要办的手续，宗一则围绕资金给了尚美姐几个建议。

我微笑着听他们交谈，每当“啊啊，这个人果然很厉害”的感慨掠过心头，就会借由大口品尝太平洋的美味海鲜来转移注意力。

结束用餐后，我们叫了辆出租车。宗一一人上车，将酒店的名字告诉了司机。我找了个“必须去尚美姐家取自行车”其实明天做也可以的借口送走宗一，尚美姐则附和地回了声“哦哦，是噢”。

尚美姐已察觉出我和宗一之间的嫌隙。

出租车消失在视野外的同时，吃饭时一直压抑着的心情瞬间翻涌而上，泪水夺眶而出。

“他出来了，正走向飞机。”

尚美姐望向远方，对蹲在她脚边的我说。

“他正在上楼梯。真的就这样吗？”

我不想站起身。

“站起来，理惠子，免得往后后悔自己当时没有这样做。”

免得往后后悔。昨晚我将我和宗一的事向尚美姐和盘托出，她是在了解情况的前提下建议我这样做比较好。

我缓缓站起身，伸手扶住展望台的栏杆，宗一正在攀登前往新西兰的飞机舷梯，还有三层就到舱门口了。宗一停下脚步，回头望了眼展望台——他看到我了。

我用力向他挥手。

宗一也高举起手，冲我挥别。他注视了一会儿后，便消失在飞机里。

透过椰子林，上方便是天空。万里无云的晴空高而宽广，一望无垠。此时，活泼的管乐队进行曲在我脑海响起。

“天气真好呀！”

我如此说道，尚美姐也跟着抬头仰视天空，然后微笑着回了句“是呢”。

太阳

JAPAN / OSAKA

我不喜欢便利店的饭团。

尽管米饭、海苔这些食材都很美味，但喜欢饭团这种话我实在说不出口。然而我却常买来吃，估计我买的量多半是普通人的三倍。

我将两个饭团放在桌上，一个是海鸡牌蛋黄酱馅儿，一个是干木鱼馅儿。

“花恋，饭团我给你放这里了，等六点记得吃掉。之前有一次你剩了梅干没吃，今天是鱼，一定要吃掉噢。小孩要多补钙。”

对一个五岁小孩来说，晚饭吃一个饭团太少，吃两个似乎又有点儿多。话虽如此，但我不允许花恋剩饭，因为我认为习惯剩饭的孩子，今后会陷入向上天祈求“请把我之前剩下的饭赏给我吧”的困境，就像我一样。

“好——”

躺在坐垫上看动漫DVD的花恋，并没将视线从屏幕上移开，而是用像是口水快要流出来的优哉游哉的声音回复道。

“不行，重来一遍。你不能说‘好——’，要说‘好’。还有，妈妈不是经常教导你说话的时候要看着对方的眼睛吗？躺着回头说话也不行。”

花恋慢吞吞地爬起身，摆好姿势朝我正坐。

“好。”

“很好，九十五分，可惜精神不够饱满。茶在冰箱里，拿出来喝完后要记得放回冰箱。饭团不够吃的话，柜子里还有薯片，你可以倒一半放在盘子里吃。剩余的一半一定要用橡皮筋绑好。还有不能吃冰块，否则你会肚子痛。那妈妈就去上班了，你吃完饭刷完牙，到了八点就睡觉。好了，你要在妈妈走之前说什么？”

“不能接电话，不可以随便开门。”

“看来都明白了啊。最近有很多小偷会直接从大门闯入，就算有人摁门铃也不要管。无论快递还是传阅板报，都叫他们在妈妈在的时候来，知道了吗？”

“知道了！”

花恋正襟危坐地大声回答。

“这次一百分。那妈妈出门喽。”

“拜拜……”

花恋挥了挥手。此时，我已无暇教她别人离开时应该说“请慢走”。

下午五点，我也向花恋挥挥手，然后走出我们的公寓。

我关上大门并仔细锁好。我们家使用的是电磁炉，想吹冷气的话开空调即可，家里没人抽烟，因此没有任何可能引起火灾的隐患。

为了避免火灾，花恋甚至不知道生日蛋糕要点蜡烛并许愿吹灭。不过好在不教她这些也没有任何困扰，但等她上小学高年级的时候，还是点一次蜡烛让她知道有这种习惯好了。否则等她上大学开始独自生活，万一交了个傻乎乎的男朋友，光凭在她过生日时往蛋糕上点蜡烛这一点，就很有可能让花恋立即将身心交付给对方，死心塌地地决定非他不嫁，就像我一样。

我不希望花恋成为另一个我——在内心默默祈祷的同时，我反问自己我的人生到底是有多么不堪？迄今为止，我分明才活了四分之一个世纪，而最糟糕的一点就是被渣男播了种，其他方面似乎没有太过悲观。

总而言之，只要活完今天还有明天就好了。

凌晨三点，快到公寓了。

工作如往日一样，没有什么可以或不可以，但新来的客人当我是欧巴桑这一点让我很火大。明明就是打着接待客户的幌子，用公费花天酒地，竟然还好意思问有没有年轻些的女孩。我在生花恋以前好歹也曾肌肤紧致过，腰围更是比现在细了五厘米，你怎么不五年前来呢，真是的！再早一点儿泡我就是犯罪！话虽如此，但这也不算什么倒霉事。

两点多走出场子一看，手机有三个未接来电。从一点半开始，每隔十分钟就有一通，而且来自同一个号码，一个我不认识的号码。首先确定不是客人打来的，因为我有一个工作手机和一个私人手机。难道是母亲或弟弟出了什么事？还是说是花恋……也有可能是推销电话，所以我没有回拨过去，但我将此事告诉了接送司机小翔，并让他换条路送我回家。

我比往常提前了十五分钟到家。

一下车便看见停在公寓前的警车。不是吧？！我立马奔上二楼一号室，两位身穿警服的警察正站在门前。

“我、我是高杉。我女儿花恋出什么事了吗？！”

其中一位警察向我走来，他告诉我说花恋被安顿在了公寓管理员家。管理员的家就在公寓旁边。我咨询发生了什么事，警察却让我去趟局里了解情况。花恋明明就在隔壁房子里，警察为何偏偏要让我去警察局呢？无奈之下，我请求他们先让我看一眼花恋。

在警察的陪同下，我摁了隔壁人家的门禁对讲机。管理员大叔出来了。

“你总算回来了呀。”

他的语气中似乎夹杂着厌恶的情绪。紧接着，他将身穿飘逸礼服、外披毛皮大衣的我从头到脚打量了一番，然后狠狠地哼了一声。

“请问花恋呢？”

大叔冲家里大喊一声“喂——”后，没多大会儿花恋就被管理员大妈牵出来了。

花恋身上没穿我出门时的那套粉色小兔子运动服，取而代之的是一件印有多伯曼犬图案的芥末色的成人运动衫。平时在街上也常见到这样穿着的孩子。

“妈妈回来了，太好了！”

管理员大妈开朗地说道，然后推了推花恋的后背。然而花恋并没跑向我，她只是僵住了似的站在原地一动不动。

“花恋。”

我用比往常温柔些的嗓音呼唤道。她却全身颤了一下，突然放声大哭起来。估计是受到严重惊吓了吧。我走上前一步，花恋却往后退一步，撞到大妈后花恋直接跌坐在地。

“今晚可以让她住在我们家吗？”

大妈如此问道。稍后，我不明状况地坐上了开往警察局的警车。

为什么深夜下班回家的我非要被带到警察局来呢？在了解事情的真相后，我更是无法接受。

住在我正上方的三楼一号室，住户是一位名叫丸山玲奈的女大学生，她在凌晨快一点的时候想要泡澡，打开浴缸水龙头后却不小心睡着了，而事情就是从这里开始的。平时没怎么仔细清理过的排水沟无法顺畅地排出从浴缸中溢出的热水，积水从浴室流出，渗入木地板及墙面间隙，流到了楼下的房间。

不走运的是，花恋的被窝正好位于漏水点的正下方，水“滴答滴答”地掉落在已睡着的花恋的脸颊上，花恋瞬间惊醒了。在不知是睡梦还是现实的黑暗中，流水从上而下地滴落，想想都很恐怖。不知所措的花恋放声大哭。不一会儿工夫，热水开始沿着墙壁如瀑布般倾泻，被褥全被打湿，花恋则愈加恐慌起来，啼哭的声音也更大了。

住在隔壁二楼二号室的上班族横田先生察觉到花恋的哭声，起初他打算不管闲事，但由于哭声一直在持续，他没法一直假装没听见，最后只好鼓起勇气出来察看情况。碰巧那天晚上新闻播报了虐待儿童致死的事件，他清晰记得当时新闻评论员有指责隔壁邻居发现却不报警的不道德行为，而且我们家的人员构成跟那起事件一模一样，即一位母亲带着一个孩子，正因如此，他的怀疑也越发坚定起来。

然而，他摁了好几次门铃对讲机，始终无人应答。虽然没有人来开门，但倘若是父母害怕被人发现而停止虐待也就算了，可屋里孩子的哭声竟然越来越凄惨。横田先生心想难道不是虐待，而是有小偷闯入杀掉了母亲，孩子因此被吓得啼哭不断？他一边猛敲门，一边冲房内大喊："发生什么事了？有无大碍？需要帮忙叫救护车吗？"这时，同楼层四号室的夏木也从屋里出来打探情况。

其实横田只需就事实说话，可他却说可能发生了什么案件，备受惊吓的夏木提议报警。假如他俩能冷静判断，不着急报警，而是先找管理员进房间了解情况的话，事情也不会闹得这么大。而且，大家都知道管理员就住在隔壁。

警察来时，花恋已停止啼哭，但为了向警察解释报警的理由，横田和夏木刻意强调了花恋的哭声有多么不寻常，他们甚至还说"之所以现在不哭了，很有可能是已经断气了"。警察摁了下门铃对讲机，询问屋里的人还好吗，但室内没有回应。

于是，其中一位警察跑去叫管理员。因为家里没装座机，入住时提交给管理员的资料上填了我的手机号，所以警察便用自己的手机拨了我的号码。但因为工作，我没能接听电话。管理员夫妇在警察的陪同下打开了二楼一号室的房门，警察一进门就发现花恋正蜷缩在桌子底下睡觉。平日里我教过花恋，要是房子出现摇晃必须马上躲到桌子下去。尽管漏水不同于地震，但花恋定然是不知所措，只好听妈妈的教导照做。

花恋的衣服湿透了，警察察看了遍屋内，发现是楼上在漏水。

听说多伯曼犬图案的运动衫是管理员大妈帮花恋换上的。

这件事从头到尾压根儿不必请我来警察局。

事情的始作俑者是三楼一号室的丸山。她家浴缸上贴有“水面请勿超出此线”的温馨提示，所以管理员也不存在任何责任。

当然我没有被问罪，警察也说了，之所以让各相关人员来趟局里，是为了向大家说明事情的经过。但警察多多少少还是责备了我，说我不该每天晚上让一个还没上过学的孩子独自在家过夜，并建议我和儿童福利所的人进行一次面谈。此外他们还说，幸好这次只是漏水，万一发生火灾或地震等重大灾害，为了确保孩子的人身安全，我必须跟福利所的人谈清楚。

他们的话确实言之有理，但话中之话恐怕另有怀疑吧，如虐待儿童之类的。听说即便不打不骂，只是置孩子于不理就很有可能会被视为虐待。如果我申请面谈，他们会不会认定我就是在虐待孩子?

没事找事，真是太糟糕、太郁闷了！我的自由时间又被剥夺了，人家还要去美容院呢。

话说，要不是花恋拼命大哭，事情也不会发展到这个地步。

我走出警察局时，天空已泛白。

我用八条浴巾擦干浸水的地方，将潮湿的被褥搬到阳台晒干，然后去管理员家接花恋。管理员大妈昨晚就洗好了小兔子运动服，烘干后给花恋穿上，这次她心情愉悦地走到了我身旁。好像早餐都在管理员家吃过了。

“下次再炖猪肉味噌汤给你喝噢。”

听大妈这样说，花恋开心地点点头。他们家一大早就吃这种东西？花恋应该没跟他们说这是第一次吃吧？虽然我偶尔也会亲自下厨做饭，但我不想做那种会让我联想到避难所的食物，除炒面以外。既然如此，那就别买便利店的饭团了！——尽管我也会这样吐槽自己，但这是两码事。

花恋一回到家就用不安的眼神仰视我。如果是昨晚带她回来，我或许会责骂她就因为她哭得太厉害才搞得大家大动干戈，然后再气急败坏地给她一拳。但看到漏水比我想的严重很多后，我觉得自己可以理解她的恐惧了。

“你乖乖躲到桌子下面去了哟，真好，真棒！”

我边说，边抚摩她的头，她的嘴角微微上扬地笑了。

我们两个睡到中午时，门铃对讲机突然响了。打开门，门口站着一个素未谋面的女人。

“昨晚真是太抱歉了！”

她递给我一个绑有金色缎带的白色箱子，我猜她多半就是三楼一号室的女大学生丸山玲奈吧。在我的想象中，她应该是个比较轻浮的女孩，看到她的瞬间不禁有些讶异。不过毋庸置疑的是，她确实给我添了不小的麻烦，不抱怨几句还真解不了心头之恨。

既然知道错了，那就应该清早就来帮忙打扫呀！阳台那么窄，根本没法既晒被子又晒被垫！要是发霉了你怎么赔偿我？

我现在正在睡觉，都是因为你剥夺了我的睡眠时间，你竟然还挑自己有空的时候登门道歉！这世上不是每个人都上白班的好吗！要不然你替我去儿童福利所面谈吧！——尽管很想这样说，最终却没说出口。

“没关系啦，以后要多注意点儿噢！”

丸山露出一副松了口气的样子返回三楼，我之所以没将心里所想说出口，不是因为没种，而是讨厌争吵。事情很少会因为强势的高嗓门而心随所愿，已经发生的事、无法挽回的事，多说皆无益，忍耐及避免争执均能减轻内心的伤痛。

我解开缎带箱子，本以为会是块甜美的蛋糕，最后才发现只有四个泡芙。早知如此，方才至少应该骂一句：“你怎么不来帮我打扫呢！”

“花恋，有人送了泡芙来噢，想吃吗？”

“嗯！”

躺在我被窝旁的花恋“嗖”的一下弹起身。

“妈妈去趟便利店很麻烦，所以你能不能一个做点心，一个做晚餐？薯片还有剩，今天的晚餐就是泡芙加薯片，挺豪华的噢。”

“耶——”

花恋双手握拳地向上举起，这是胜利与万岁相叠加，表达最强喜悦的手势。

“泡芙含有鸡蛋和牛奶，能提供足够的钙质。薯片是用马铃薯炸的，属于蔬菜，营养丰富。对了，搭配牛奶一起吃的话，简直就是钙质满汉全席耶！”

我从冰箱里拿出牛奶，发现已经过期三天。一周内喝掉应该没关系吧，但万一她半夜肚子疼就麻烦了，连续两天报警可不是什么开玩笑的事，而且那样一定会被人认定是虐待儿童的妈妈吧。

“不能让肚子受凉，放微波炉热下好了。”

我将牛奶倒入马克杯，设定好微波炉的加热时间，然后给自己泡了杯红茶。那个人也爱喝红茶，而且他还喜欢喝加有大量牛奶及四小匙白糖的奶茶，即便牛奶过期了几天也完全不在意。

我将过期的牛奶倒入浓浓的红茶，又添了一小匙白糖。在那个人的国家，胖女人会更受欢迎，但不幸的是日本与之相反。为了赚钱养活自己和花恋，我不能变胖。

端出加热好的牛奶，把泡芙放在盘子上，花恋连“我开吃了”都没说，便迫不及待地张大嘴咬了口泡芙。

“好吃吗？”

“嗯！”

花恋用力地点点头，那力道大到感觉脑袋都要被折断。

“给你吃两个，今后再遇到什么吓人的事都不准哭噢。”

花恋边咽下泡芙，边打嗝般地微微点头。

还没等我去儿童福利所，对方便特意登门造访了我们这间狭窄的一居室公寓。此行一组共两个人，一位上年纪的女人中本女士和一位年轻的男子吉田先生。上次来了解情况的警察也是两位，难道有规定说公务员外出行动必须两个人一组吗？中本女士面带微笑地看着我，吉田则在一直偷瞄室内。本以为他们是特地来找我了解情况的，但现下看来也许他们的目的是观察家庭环境。

我将二人带到餐桌旁，并请他们坐下。

“您家孩子呢？”中本女士问。

“在隔壁管理员家。”

我准备好DVD，将花恋寄放在管理员大妈家。平时我会租花恋想看的英雄动作片，但这次我租了迪士尼动画片。

“她没有去托儿所吗？”

看来负责提问的人是中本女士，吉田坐在她身旁做笔记。

“我打算明年送她去幼儿园。”

“可把她送去托儿所，不是更有利于您工作吗？”

“可托儿所的学费很贵。”

虽说是公立托儿所，但只要父母有一定的收入，即便是单亲家庭，托儿费也会开很高，那是个令我不禁怀疑自己辛辛苦苦上班就是为了交这五天托儿费的不可思议的金额。原本我就无法认同他们的定价方式，为何要根据父母收入的不同收不一样的托儿费呢？分明大家享受到的服务是一样的。

这个国家的制度简直就是愚人。

我也考虑过索性申请低收入困难户，免费上托儿所，生活说不定也会比现在轻松很多，但我预感一旦申请了就无法再回头，所以迟迟未能下定决心。而且我是个有梦想的人，假如变成低收入困难户，梦想就无法实现了。我为了梦想努力工作，托儿费却要上万日元，真是恕难从命。

还有，付那么多托儿费，托儿所其实也帮不上什么忙。在花恋一岁半的时候，因为白天要上班，我曾送她去过托儿所。那时我在补习学校担任行政人员，被学校视作储备职员，薪水也算不错，可付了托儿费后生活就变得拮据起来。即便如此，我也咬牙熬过了半年。但自从进入秋天考试季后，需要加班的日子越来越多，然而这个区的托儿所最晚只能帮托管到七点，如果晚五分钟接孩子，他们就会对我进行说教，抱怨我的行为让他们很为难，而且一说就是十五分钟以上。后来实在没办法，我只能向学校说明情况，当大家都加班到深夜，唯有我能在六点五十分之前赶回家。

受学校特殊照顾的我备感内疚，但只要看得开也还好，我会努力在上班时间内把工作处理好。但后来遇到流感及诺如病毒高发期，托儿所常在我上班时联系我赶过去。我明明付了那么多的托儿费，让花恋在教职工办公室躺到放学不就可以了嘛，但他们好像有规定，如果小孩发烧超过三十七点五摄氏度，就必须联系家长带孩子回家。我几乎每周都会被联系一次，两个月后我的带薪休假全都用光了。

我没法一直请假到花恋痊愈，于是我留花恋在家睡觉，自己跑出去上班，但白天有很多诸如美容院、银行、教堂的推销，或许正是因为他们摁门铃对讲机搞得花恋情绪紧张，晚上常常哭得特别厉害。无论我还是花恋，双方都为此感到筋疲力尽。

那天不巧工作上出现了失误，与此同时托儿所又联系我说花恋出现呕吐症状，我请求学校批准我回家，即便扣掉当天的薪水也无所谓，但学校建议我跳槽换份工作。

“基于这一点，如是上晚班，白天就算睡觉也能陪在孩子身边，孩子万一不舒服，也能在医院就诊时间内带她看病。还有就是，晚上孩子独自在家睡觉，也不会有人像白天那样摁门铃做推销。”

“但晚上让孩子独自在家很危险，虽然避免了推销人员的骚扰，但万一室内发生意外事故或天灾要怎么办呢？”

你的意思是让我二十四小时看着孩子吗？白天把孩子一个人留在家中，自己出门买东西的家庭主妇不是大有人在吗？再说也不是什么地方都能带孩子去呀！例如去医院或上街买东西，带孩子出去反倒容易被感染疾病。

“这个嘛，要看时间和场合啦。”

中本女士说。

你的意思是我的时间和场合就适合带孩子出去吗？我又没有扔下花恋自己跑去乱逍遥。

“同样是上夜班，假如我不是陪酒女郎，而是在面包店或市场上班，你们是否就不会这样说？”

“不会啦，我们都是一视同仁的。无论从事哪行哪业，把孩子独自留在家就是弃孩子于不顾。对了，您家人或亲戚有住在这附近的吗？”

“我母亲和弟弟住在神户。虽然大阪距离神户不是很远，但我母亲才四十多岁，自己也有工作要做。弟弟是个大学生，尽管平时学业也还蛮闲的，但在我外出工作时帮我照顾小孩这种事，他压根儿做不来。我的这个回答你还算满意吧？”

“嗯嗯。您不打算和家人一起住吗？”

“关于这个问题嘛，虽说你们是政府机关单位，但别人家的私生活你们是不是最好别过问太多？更何况我又没引起什么案件。”

“说的也是。那最后可以跟您女儿聊几句吗？”

“当然可以，但她身上可没有什么可疑的瘀青伤口噢。”

我来到管理员家，请大妈叫花恋出来。这时，里屋传出十分夸张热闹的音乐声，估计是DVD播放的卡通剧情正值精彩片段吧。花恋很想进屋继续观看，一直在不停地回头张望。

“孩子的身高、体重是多少？”

中本女士询问我道。

“我没测量过，不太清楚。”

“体重也不清楚？”

“我家没有体重计。”

哎呀哎呀！——管理员大妈发出超级夸张的惊叫声。真希望她不要在儿童福利所的人面前做出如此容易混淆视听的反应。

“花恋，你昨晚吃了什么呀？”中本女士问花恋道。

花恋露出一副“啊”的神情，转头回答说：“泡芙和薯片！”

回到家后，我冲花恋头上敲了一下，但花恋不会因为这种小事哭鼻子，我下手也自有分寸。

儿童福利所的人说下周还会继续造访，他们递给我一张表格，让我填写每顿给花恋准备了什么饭菜。我跟他们解释说昨天正好碰巧有人送了泡芙来，但他们根本听不进去。中本女士甚至还问了花恋这样一个问题：

——你妈妈的拿手好菜是什么呀？

花恋毫不犹豫地回答说是炒面。答得好，花恋！我在内心摆出一副胜利的姿势。中本女士却轻轻叹口气反问说：“哦，是吗？”我气急败坏地在心里暗骂：“不要小看炒面好吗！”但无论我如何解释对我而言炒面是一种多么有营养价值的食物，无法理解的人就是无法理解，哪怕投胎一百次也无法理解。

如果在表格里填便利店饭团，他们下周一定还会上门。中餐吃的是便当，但还是别填便当为好。填米饭、炸鸡、土豆沙拉好了，如此一来，把饭团写成米饭、海苔、鲔鱼就没问题啦。

话说，在食品界，便利店饭团有这么不堪吗？政府人员不也在避难所发放过饭团给需要救济的人吗？他们常常一边发，一边大喊一人两个。除此之外，即便饭团多也不会多分点儿，宁可一直放到过期直接扔进垃圾袋处理。

晚餐有时不也发过巧克力面包吗？

无论食物是什么，三餐吃得一粒不剩，然后朝气蓬勃地活着，这样不就够了吗？

花恋从邮筒里取出信件。

里面有信用卡账单和一封寄给我的信。

“我已适应手头工作，妈妈也同意我差不多可以结婚了。下下周我会去你那边找你，地址没变吧……”

寄信人是那个播种者。他这是在写什么糊涂话啊！不对，他并没有手写，而是用电脑打出来的，就连是否出自他本人之手都是个问号。

真是个不当家不知柴米贵的妈宝男……

我升入大阪大学后，开始独自搬到这间公寓居住，另外还参加了志愿者社团。这是个拥有几十年历史的老社团，包括其他大学的社员在内已超一百人。如有大型活动，社团全体人员都会出动，但平时共分为五个部门，每个部门再细分至小组，大家在大学附近各个不同的地方活动。社团的五个部门分别为：高龄老年人福利机构、残障者支援机构、儿童养护机构、地区环境改善、献血，而我则隶属自己想要服务的儿童养护机构。

我们部门的活动通常都是周六下午在儿童养护机构举行，主要内容是陪孩子们玩耍。每个小组五人，共四组，服务的机构有四所，以月为单位轮流在各机构活动。

虽然只是陪玩，但包括我在内的新生们，从第一天开始就亲身体会到陪玩有多辛苦。我们不清楚应该站在哪里、距离小孩多远、用什么样的语气说话，还有不知该对谁做些什么。

我应该早有心理准备，孩子们不会一看见志愿者哥哥、姐姐就立马无条件地迎上来。

即便有听话乖巧的，走至跟前也会发现小孩并没准备什么有趣的游戏跟你玩。想玩点儿什么呢？要不要说出来看看？你想玩什么，我们就玩什么——就算他们这样问我，我也无从回答。真希望他们能明白，要是我知道想玩什么的话，早就自己玩起来了好吗。

——以前自己分明就是这样想的呀。

令人惊讶的是，就连早该习惯这种环境的学长学姐们，来到这里后也不会擅自行动。没过多久，我便知晓其中缘由了，我们虽自称是志愿者，但为了我们这群什么都不会的大学生，机构的职员要替我们决定该做什么，甚至帮我们分担一些事情。

请这位姐姐给大家读这本书吧！想听的小朋友请来这边，想跟这位哥哥一起踢足球的小朋友到院子里去。还有还有，花坛需要移植，我们请了这几位姐姐帮忙，有想一起帮忙的小朋友可以去里院噢。

我感觉特别丢人，甚至想要逃走，而其他社员却貌似因活动被分配好而松了口气。紧接着，他们去到自己的活动地点，摆出一副像是自己独立策划好的神情，干劲十足地冲小朋友们大喊快来这边，等活动结束时间一到，再满脸神清气爽地打道回府。既是如此，那打从最开始就不要跑来和小朋友们玩呀，确切地说，我们就是来帮对方无须我们帮忙的忙。

志愿者到底是什么?

我之所以加入志愿者社团，就是为了能像那个人一样。我不知所措……他来到我们聚集一处的操场一隅，将躲避球高高地抛向半空。

——你们能接到这颗球吗?

尽管发音有些奇怪，却是很有礼貌的日语。

第一次发球没人接，最后掉落回地面。但从第二次、第三次开始，孩子们全都一拥而上地接住高高抛起的球，大声吆喝着跑来跑去。孩子们甚至伸出手，催促他快发下一次球。那些站在远处的孩子，也都跑过来了。

他冲那些看上去无事可做的大学生志愿者搭话道:

——孩子们变多了，请你们也一起来抛球吧。

红色、蓝色、黄色、绿色，好多颗球顿时同时被抛入空中。当高空中的球掉落至我怀中时，我不禁欢喜到大叫，就像得到了什么巨大的宝物般。

那次应该是我失去父亲后头一回笑。

那个机构也有躲避球，我想在职员下指示之前跑到院子里将球抛得高高的，然后用充满活力的声音问：“有没有人能接住这颗球？”然而，我的身子丝毫动弹不得。或许没有小孩会过来，我很害怕，也很难为情。

原本那个人散发出的能量就跟我不一样，他如同悬挂在南国海岛上空的太阳，是个温暖、巨大、能给人带来快活能量的人。

结果想跟他一样付诸行动的自己仅仅停留在想象的世界，每次我都只是按照职员的指示照做罢了。在大约过了三个月后，有一天，我们组出现了一个素未谋面的陌生人。此人就是藤重正也。学长学姐们以“你终于回来了”的心情欢迎他回归，前一段时间他好像去其他部门帮忙了。

有正也加入的一行人立即前往机构，我们在机构的服务状况明显发生变化。孩子们成群结队地跑至正也跟前，一边大喊来玩来玩嘛，一边拉着他的手臂，想要拽他去院子里。正也刚回答说“真拿你们没办法呀”，就和孩子们玩到一处了。他们玩的游戏很普通，就是踢铁罐。

啊啊，对啦，那个人也曾跟我们一起踢过铁罐。不知是他的国家也流行这种游戏，还是他很了解日本，知道该和日本小孩玩什么。我一边回忆思考那个人，一边心不在焉地望着和孩子们踢铁罐的正也。

这时，正也走了过来。他对我说："你替我一下，我还答应了其他小朋友要跟他们一起唱歌。"我点点头，正也不带交接地直接走入屋内，而那些留在院子里的孩子一看到拿着铁罐站起身的我，神情立马一个个变得僵硬起来。

微笑、微笑！和那个人一样……

"我要踢了噢！我可是很擅长踢铁罐的哟！"

我从丹田运气大声喊道。直到天黑，我们一直在院子里开心地跑来跑去。临走之际，我和孩子们拉钩约定下周教他们其他更有趣的游戏。小小的手指、细细的手指、粗粗的手指、长长的手指，我一边和不同的孩子拉钩，一边回忆那日和那个人拉钩的场景。

——保重噢。不要忘记微笑噢。

最后一个孩子的手指又大又粗，细看之下才发现原来是正也的手指。

"谢谢你帮我！不过，话说大家跟你玩得这么开心，不是也很好吗？"

啊啊，原来如此——我忽然明白了，这个人并不认为自己是在陪可怜的孩子们玩耍，而是自己发自内心地喜欢和孩子们玩罢了。或许那个人也不曾认为自己是在帮助可怜人，而是自然而然地随心所欲付出行动吧。

我错在将那个人和正也重合在一起，正也只是懂得与人相处的方法而已，但那个人却拥有一颗坚强、温暖、宽容的心。

发现怀孕是在我刚满二十岁的大二那年冬天。

我一点儿也不觉得开心，取而代之的是诸如“怎么办？糟透了！好心烦！放过我吧！”这些充满负能量的心情，真希望是一场梦，可被推入噩梦的我怎么也走不出来。我把怀孕的消息告诉正也，他干脆利落地回复我说：“生下来好啦。”是吗？这样子啊——正当我心情稍有缓解的那一瞬，正也继续说：“生下来后，我偶尔会去看望看望的哈。”

这家伙是白痴吗？——我的心瞬间凉到冻结。他没有丝毫的责任心，麻烦琐事全推到我一人身上，什么叫偶尔会去看望看望……不过这还不是最惨的时候，三天后，正也突然说还是不能生，并递给我一个装有现金的信封。如果用这些钱来生孩子根本不够，但如果是去堕胎则绰绰有余。那时正也在牛肉盖饭店打工兼职，我不相信他能存这么多钱。经过追问，才知道是他将事情说给了他母亲，而这些钱是他母亲帮忙准备的。

“你的心意我已明白，但是我决定生。”

“你怎么可以……”

“不能践踏生命，这是身为人的基本常识。既然你不明白这一点，那我也用不上你。决定生的人是我，所以孩子是我一个人的。”

我之所以敢这样连珠炮般地斥责他，是因为我相信我母亲一定会帮我。

对我而言，腹中孕育的不是孩子，是生命。在这个国家，夺取从腹中产出后的生命会被惩罚，但夺走还在腹中的生命却不用担责。不，这与法律毫无关联，因为于我来说，无论腹外还是腹中，同样都是生命。

因地震灾害，我失去了父亲，无论母亲、我，还是弟弟，大家都目睹了生命消失的一刹那。经历过这些的我，无法亲手结束一条生命，我相信母亲的想法定然与我一样。

等我回家告诉母亲怀孕一事，她气得火冒三丈，然后痛哭起来。丈夫离世十年，一个女人独自含辛茹苦地养育女儿，现在好不容易供她念到了大学，孩子不好好读书，甚至突然跑回来告诉自己她怀孕了。一想到这里，我觉得自己能理解母亲的愤怒及泪水了。

“对方怎么说？说了结婚吗？为什么是你一个人跑回来报告？通常来说，搞大女人肚子的男人不是应该登门道歉吗？”

母亲焦急地接连发问。我将正也的言行全都一五一十地转告了母亲。

“那种白痴男人的孩子不用生下来！赶紧给我去堕胎！然

后好好读书，将毕业证书和求职录用书供奉在你父亲的灵位前，要不然休想再踏入家门半步！”

被母亲斩钉截铁地划清界限后，我夺门而出。

母亲竟然让我去堕胎……

父亲四年的大学生活貌似是他人生中最丰富多彩的日子，为了让孩子们也体验到这充实丰富的人生，父亲在我和弟弟出生时就分别给我们买了教育险。他分明只是个月薪微薄的上班族。

在地震灾害发生后，母亲通过在保险公司上班养育我和弟弟。我深知家里经济拮据，升入高中后我向母亲提出自己哪怕不上大学也行，但母亲说送我们姐弟上大学是父亲托付给她的任务，她坚决不同意我不上大学的建议。后来我考上大学，在被公立外语大学录取的那天，我将学校录取通知书供奉在父亲灵位前。母亲使劲儿地摸摸我的头，说：“干得好！你是妈妈的骄傲噢！”虽然那时的我已年满十八岁，但为此却高兴得心花怒放。

一想起那日的母亲，心中顿时充满罪恶感。堕胎，上大学，找份稳定的工作，攒钱，实现梦想，然后和有责任心的人结婚生子，母亲一定会替我感到欣慰。如此一来，我也才能获得幸福。

可是，真的可以当这条生命不存在吗？

如果是那个人，他会怎么说……他一定会一脸悲伤地说不能这么做，因为他信仰的神不允许堕胎，甚至不能在神前为堕过胎的人祈祷。

我从大学辍学，找兼职打工，独自一人准备迎接那一天。腹部开始一天天渐渐变大，后来还能感觉到胎动，但我一次也没为孩子的成长感到过喜悦，也从没感觉所谓的母性正在体内发芽。我没对自己的肚子说过诸如“你要健健康康地出生噢”“我迫不及待地想要见到你呢”的恶心话。

我只是无法摧毁已经来到这世上的生命而已。

我的做法也许有些意气用事，但我无须获得正也的理解。或许好好向母亲解释的话，她会谅解我。此外，我其实不该直接辍学，我该选择休学分娩。随着预产期一天天临近，我常常因内心的不安而失声痛哭。

向我伸出援手的人，到底还是母亲。预产期前，弟弟来到我的公寓，递给我一张以我的名义开好户的存折。

——妈妈给的。她说这是给姐姐你存的大学学费。

虽然母亲没有因此彻底原谅我，但我偶尔会将用手机给花恋拍的照片发给弟弟，然后由弟弟转发给母亲。

我没有假想如果当时选择堕胎的话会怎样，但倒是想过好几次如果没有怀孕的话会怎样。无论何时去到什么地方，无论吃什么东西，假如只有我一人，谁也不会责备我。

我想要自由。我想去遥远的地方。

是我不该抱有这种期望吗？

漏水事故发生不到一个月，三楼一号室的丸山玲奈又在深夜引发了火灾。她忘记关闭熨斗电源，直接睡着了。而我当时正在上班。幸运的是，在发生火灾后，二楼二号室的横田直接跑到管理员家，借来钥匙后夺门而入，火速地救出了花恋。也正因如此，花恋才没有被严重烧伤，因为打赤脚，脚部被轻微擦伤了。

由于正上方的房间被烧毁，我的房间也必须整修，作业期间我们必须搬到其他地方住。公寓本身买了保险，所以保险公司会帮我们支付暂住酒店的房费，然而……

这是不是在暗示我是时候了呢？

就好比原本不太扎实的塑料绳被绑上沉重的石头，好不容易勉强挂在人世这根栏杆上，却不幸被火燃烧，变得弯弯曲曲、破烂不堪后突然“扑哧”一声断成了两截。

花恋正在将她喜欢的布偶玩具塞入帆布背包，那是正也一时兴起快递送过来的玩具。对了，话说他信里不是说要来找我吗？难道是得知火灾事故，想要趁机跟我们一起住？果真如此的话，请恕我实难从命。

先逃吧！逃去哪里？当然是……

“花恋，度假不需要那个，拿出来吧。”

“度假？”

花恋结结巴巴地重复着这个有生以来第一次听到的词。

“没错，就是度假呀。我们要办护照，去南国海岛。”

度假费可以用存款和慰问金替代，工作可以借火灾为由，说儿童福利所盯得太严只好辞职。想来中本女士应该也会感到欣慰吧？

能见到那个人吗？既然是小小的南国海岛，说不定去到的当天就能遇见吧。我想让他见见花恋，然后告诉他这是我生的、独自一人养育大的孩子，他一定会露出他那宽容温柔的笑颜，夸我真的很努力吧。

就去那个人所在的南国海岛汤加王国吧……

★

因地震失去房子和父亲的母亲、我及弟弟，三个人在县立M高中过着艰难困顿的生活。我们被分配到二年级B班教室，包括我家在内，一共有五个家庭，二十口人在那边生活。也许是因为家庭成员的平均年龄较低，或是因为我们家失去了顶梁柱无依无靠，总之从没有人找我们商量过，但靠门最近的那三平方米空间归我家所有。

每天，我们都要为寒冷和余震而颤抖，没有一宿睡得安稳。雪上加霜的是，与我们同住一间教室的松木女士，自称如果关紧门就会引发过呼吸症状，也许是因为地震发生时被困在了狭窄的空间里，也许很久以前她就有这个毛病，这些我们无从得知。但因为她，二年级B班教室的大门，即便在半夜也会敞开十厘米左右。

睡在门旁的我常常被从门缝挤入的冷空气吹得直哆嗦，即便如此，但考虑到松木女士有病在身，也只好强忍作罢。然而需要忍耐的人并非只有我一个，睡在我们旁边的薮中一家有个三岁的小男孩一直在咳嗽，感觉身体状况很糟糕。薮中爸爸在确认松木女士入睡后，会轻轻地把门带上。尽管睡觉时会因为突然有男人靠近而恐慌，但我还是很感谢他帮忙关门。

可是，无论薮中先生如何悄悄关门，原本睡得很沉的松木女士，总会在十分钟内醒来，然后起身开门。估计她会认为是睡在门旁的我关上的吧，为此还曾在我耳畔威胁我叫我别多此一举。我紧闭双眼假装没听见，但不知是太冷还是太过恐惧，我的心脏跳得特别剧烈，差点儿呕吐出来。

薮中家的孩子咳得越发厉害起来。某天夜晚，薮中先生把门关上，正当松木女士开门之时，薮中先生大声怒吼道："你给我适可而止！"

——如果没法待在封闭的空间，那就去走廊睡嘛！

他的吼声中充满了怒气，就连与此事无关的弟弟都被吓得抱紧母亲。然而，松木女士却丝毫没有被震慑住。

——你还真是吹毛求疵！这可是关乎我性命的事！天气本来就很冷，不要把错推到我身上！

——那你来门口睡呀！自己占了冷空气吹不到的最靠里的地盘，还说什么关乎你的性命，开什么国际玩笑？要是有密闭恐惧症，也别开什么门了，直接开你头顶的窗户不就好了！

——窗户和门不一样。

松木女士应该不是需要新鲜的空气，而是追求房间不密闭的安心吧。薮中先生和松木女士僵持不下，巡逻队的叔叔们前来劝阻，激烈的争吵才算平息。

因每晚几乎都会有各式各样的纠纷，所以一些有志之士自愿集结成巡逻队。

最后，薮中一家搬去了体育馆，我也得以睡到了离门两米的更内侧，但寒冷依旧没有退去。

最先生病的人是母亲。为了能让母亲好好休息，我拜托政府职员一次给我两人份的饭团及便当，但不给予通融的职员命我再排一次队。我又没有撒谎骗取两人份的餐点，瞬间觉得自己很委屈，但实际上确实有人说谎想要骗取更多的食物，被发现后不仅被斥责，双方还相互扭打起来，因此职员不愿通融也是情有可原的。

避难所内的气氛可谓是剑拔弩张，一天比一天紧张。

志愿者团队的人带来了热乎乎的猪肉味噌汤，大家都很欣喜，但只要和食物相关的地方必然有矛盾，有人抱怨，有人怒骂，尽管还没发生什么大事，但只是排个队，我的侧腹就已然疼痛不已。

直至今日，我依然很怕排队。

一同前来的还有一些与食物不相干的志愿者，不过我也有些怕他们，尤其是名为“倾听队”的那拨人。

——想说什么就说出来。比如地震时的心情、希望这里的生活有所改善之类的。

我不理解为什么一定要对一个第一次见面的人说这些，即便向他们抱怨松木女士每晚开门睡觉，他们也不会帮忙协调。当我们回答“没有要改善的地方”时，他们就会露骨地摆出一副很失望的神色。“母亲之所以能恢复体力，全归功于志愿者煮的猪肉味噌汤。还有，谢谢全国各地朋友们制作的千纸鹤，我们把这些千纸鹤装饰在教室内，它们给予了我们很大的勇气。”我这样回答后，还不安地追问了句，“这个答案可以吗？”

不过，看到这些志愿者来，自然也有高兴的人。松木女士以深切的口吻向他们投诉周围的人不愿理解自己的病情。

就在我和弟弟坐在操场一隅，摁着侧腹心想这种生活要到什么时候之际，新的志愿者来了。

他是一位高高胖胖、体形巨大、皮肤黝黑、一头鬈发的外国人，他来自汤加王国，名叫塞米西。

就是他将红色的躲避球扔入空中，扔得好高好高，高到几乎与太阳平行……

KINGDOM OF TONGA / TONGATAPU ISLAND

大海蓝到令人不禁担心飞机会被吸进去。

“花恋，你看。我们在太平洋正中央噢，好宽好大呀。”

半眯着眼正在打盹的花恋伸长脖子，望向窗外。

“嗯，好大耶。”

她看上去并没有太感动，真是浪费我的机票费。

“颜色也很深噢。这才是大海最原始、最真切的蓝。所有大海的蓝都来自这片海域，然后从这里延伸扩散至全球其他海域。正因如此，花恋见过的濑户内海的蓝才比这里淡很多。”

“真的吗？好像巴斯克林[1]欸。”

这次或许引起了花恋的兴趣吧，只见她把脸颊贴在机窗上，一个劲儿地俯视下方的大海。要是被儿童福利所的中本女士目睹这一幕，她应该会责骂我不该乱教小孩吧。但机内似乎并没有日本人，所以我爱怎么乱教就怎么乱教。

---

1 巴斯克林：由日本津村生活科学株式会社荣誉出品的百年汉方浴盐专家。

“花恋，你看，有小岛欸，好平坦噢。妈妈也是第一次看见没有山脉的小岛。绿色的应该是椰子树吧，那座多半就是汤加塔布岛吧。”

汤加王国是塞米西居住的南国海岛，再有几十分钟我们就到了。

有两周的时间，塞米西每天都来避难所。但他好像无法一直从事志愿者活动，所以告别的日子很快就来了。他说他要回东京，尽管我告诉自己他还会再来，但我依旧很伤心。塞米西和每一个小朋友拉钩，给每个人送了张汤加的照片，照片里的景色是被阳光拥抱的海滩。

阿鲁·阿·耶。我用塞米西教我的话大声道别，然后挥手目送他离开。

一周后，已故父亲的亲戚靠关系帮我们找了间公寓，我们一家因此得以离开避难所。终于能好好地睡觉了，我满心欢喜，但一想到塞米西要是再去避难所就再也见不到我了，唯独这点令我感到无限寂寞。

我常常从被我视作藏宝箱的饼干盒里拿出汤加的照片自顾自地欣赏，但后来看的次数也渐渐变少了。伴随着城镇的复兴，我也过上了正常的普通生活。

再度回忆起塞米西是在我升入县立 M 高中之后，虽然只是猛然的一瞬间，但思念却逆流成河。这个复杂的城镇既残留着我美好的回忆，也有我忧伤的回忆。但在我居住的学区中，既是公立学校，又与我学习能力相符、交通还很便利的高中只有M高中，因此我别无选择。

升入高二后，我被分配到B班。望着自己曾经睡过的地方及那扇教室大门，那时的情景不由得在脑海里复苏，心脏开始猛跳，我再次回忆起塞米西。作为护身符，我将汤加的照片夹在薄薄的透明文件夹中。有一次英语课上被宫田老师发现，下课后他询问我是否曾经在这里避过难。

这时我才发现，原来宫田老师是巡逻队里的一位叔叔，而且他对塞米西也印象深刻。在塞米西离开半年后，他曾特意造访这所学校，向宫田老师报告自己即将返回汤加。

——如果你想找他，就得好好学英语噢。

宫田老师跟我说，汤加曾被英国管辖，除汤加语之外，英语是当地的第二门通用语言。从那天起，原本懒懒散散虚度光阴的我开始认认真真地学习起英语。

眼下能看见的那座小岛似乎不是汤加塔布岛，飞机正往更宽的一片椰子林靠近。

“花恋，马上就要到了噢。”

“好——”

花恋放下缩在座椅上的脚，穿上凉鞋。

现在是汤加时间上午十一点，我们在如仓库般的建筑物内接受完入关审查，然后径直走出航站楼。我们没有提前订宾馆，因为出发前我觉得没有必要，只要去市中心，应该就能找到便宜的宾馆。反正也只有我和花恋，廉价的地方足以满足我们。总共两个人，不管怎样都能随便找到地方住吧。

然而，机场附近什么都没有，只有椰子树。可这分明就是一个国家的大门啊……

有无可能今天就见到塞米西呢？

“这是哪里？”

花恋怯生生地抓住我的衬衫下摆，东张西望地询问。我们是经由转乘才飞到这里的，花恋应该也知道这里不是日本，但或许和她想象的外国不太一样吧。

“有好多相扑选手。”

五岁小孩的话倒是很切实际，这里满眼都是高高胖胖的大个子。当年见到塞米西时，我也曾感慨这个人的身材很魁梧，但要是混在这群人当中，他应该算是瘦的了。

“武藏丸[1]的爸爸就是这个国家的人噢。”

我将十五年前塞米西告诉我的话说给花恋听，但花恋的神色怅然若失。

1　武藏丸：日本相扑最高级别力士横纲。

话说，最近都没见到来自南国海岛的力士了呢。

我们走至搭乘出租车的地方，这里的出租车不像日本，不会一辆辆按顺序轮流驶入载客。这时有看似司机的汤加男人过来拉客，他们没有穿制服，所以压根儿分不清楚谁才是正经的出租车司机，但估计这里也没有正经不正经一说吧。一辆车身用日语写有丸中出租车的汽车跃入眼帘，好，就坐这辆吧！

当然司机不是日本人，他是个活泼外向的汤加大叔。大叔用蹩脚的英语打听我是日本人还是中国人，我回答说是日本人，大叔顿时开心地说他有日本朋友。他问我："你认识 Keiko 吗？"他是不知道全日本有多少人叫 Keiko 吗？当我回答说不认识时，大叔显得有些失望。

这次轮到我问大叔了。

"你认识塞米西吗？"

他反问我说哪里的塞米西。哪里的？当然是汤加的塞米西了。后来大叔补问是哪个村子的？姓什么？我一概不知。对了，我想起了一件事。

是十五年前去过日本的塞米西。

大叔继续反问道："去那边做什么的？工作？留学？打算盘？打橄榄球？"他亲切地举了几个例子，但我不清楚塞米西是为了什么去日本的。据年龄来看应该是工作，但他居然有两周的时间参加志愿活动，这说明他的时间很有弹性，所以也有可能是留学。

“你不知道吗？”大叔继续问。虽然我很不甘心，但最终只能承认自己不清楚。

汤加似乎有很多男性都叫塞米西，大叔一共连续说了四次尼妹尼妹尼妹尼妹[1]，所以一定很多吧。他还给我解释说，塞米西是汤加语的发音，用英语翻译的话就叫詹姆士，如此一来想不重名也难了。到头来，我的问题与大叔问我是否认识Keiko是如出一辙呀。

真是的！怎么会这样呢？汤加塔布岛比我想的要大很多，离开机场已有三十分钟左右了，却丝毫没看见有靠近市中心的迹象。

今天能见到吗？在路上偶遇？——不可能。

我真是白痴啊。

花恋双手攀在打开的车窗上，正注视着外面的景色。

我是来度假的，只是想说如果能顺便遇到塞米西就好了。要是不这样想，我怕自己不敢来。可是，即便到了市区，也完全没有度假胜地的感觉。

我在市场买了条印有白色扶桑花的蓝色底浴巾。此外，还

1　尼妹：汤加语中“塞米西”的发音。

买了个被雕刻成扶桑花形状的白珊瑚。

都到汤加了，花钱上我才不要节约呢。

我买了个插有吸管的椰果，温温的，很难喝。接着又买了香蕉蛋糕和鲜肉派，味道还算过得去。后来又买了一种名叫 Bongo 的点心，烤肉味，花恋似乎很喜欢。

我们在海边漫步，走入沙滩，沙子很白，海水很蓝，天空很高，可这又怎样。

海平线一望无际，地球是圆的，四海归一，可这又怎样。

“妈妈，我想尿尿。”

这才是我的现实。

我前往旅游指导中心打听宾馆，有一家名叫“Naomi's Guest House”的宾馆后面附有日本人名。虽然价格比其他宾馆贵一些，但还是选这家吧。在设备介绍栏中，对方刻意写上了“温水淋浴”这几个字，那些没写的宾馆多半是只有凉水吧。我每天一定要洗一次热水澡，唯有这样才能驱除从我体内不断涌出的负能量。此外还想要浴缸，但这个要求对一晚两千日元的宾馆来说有点儿过了。

还有就是，宣传单上写着老板是一名日本女性，仅凭这点，就是巨大的魅力啊！我一个人倒是没有语言障碍，但花恋就不同了，要是不带她去个能自己打听厕所在哪儿的宾馆，那就意味着我得二十四小时不离她半步。

辞掉工作的这半个月，我和花恋住在商务酒店。有时为了出门买东西、申请护照，我会把她独自留在酒店。自从来到汤加后，能离开她三小时我都觉得是一种莫大的幸福，尽管我们这才离开日本三天。

我打公共电话到宾馆预约，接电话的女人应该是汤加人。虽然才来汤加几个小时，但我已经能把握这个国家的人说英语的口语特色了，他们通常会夹杂一些罗马拼音的发音。我询问对方一个大人和一个五岁小孩需要多少住宿费，不知是不是她第一次遇到带小孩入住的客人，总之她回答说不清楚，再无后续。

怎么可以回答说不清楚呢？为什么不说“我查一下，请稍等”或“需要我和老板确认下吗”？既然是做商客买卖的，至少也该礼貌些吧？就算不清楚，也该说句“请直接过来问老板”之类的话嘛。

或者说，这些话应该由我来说？

我告诉她小孩不管收不收费都无所谓，请帮我预留两张空床。她回复说“咿咿哟”，这不是日语，而是汤加语“Yes”的意思。

订好住处后，我找出度假小岛的导游图。一看图上冠名“度假”二字，我便欣喜若狂起来。总共有三条路线，都是从这附近的港口乘船，一小时左右即可抵达。看上去似乎整座小岛都能游玩，有当日往返及留宿两种方式，不过留宿的价格昂贵。再加上也不知道是个怎样的地方，申请留宿未免有点儿冒险，要是和男朋友一起来就另当别论了。反正要是去了觉得想留宿，当场向他们提也可以吧。

于是，我报名参加了度假小岛中最大的岛屿——阿塔塔岛的当日往返之旅。

“妈妈，我想睡觉。”

花恋揉着双眼说。“是时差的关系吗？”稍作思考后，我又回答自己说“不大可能”。现在是汤加时间下午四点，这里和日本的时差是四小时，汤加比日本更早些，所以日本现在是中午十二点。也就是说，还没到花恋午睡的时间。

也许是长途跋涉累了吧。我决定先去宾馆。

宾馆给我们安排的是混居房，花恋的住宿费是成人的一半。

宾馆入口处坐着一位汤加女孩。我刚报出名字，她就回答：“唔欸！”紧接着，她打开前台后方的房门，冲里面喊道：“呐哦咪。”我不禁怀疑打电话过来时她是不是也在电话旁，另外我还想起了正也。

有一次，我请他帮我拿下遥控器，因为扫了一圈也没看见，他就直接回答说找不到。可至少是不是该拿起桌上的杂志或沙发里的抱枕，看看有没有压在下面？就连这种举手之劳他都懒得去做。

呐哦咪是一个正慢慢向汤加人转变的日本人，不仅晒得很黑，体形也很富态，后脑勺扎有一束头发，额头偏宽，长相看上去很聪明也很严厉。

“带孩子来汤加旅行可不多见噢。你是来找人的吗？”

我连塞米西的全名、地址、职业都不知道，所以答不出口。而且来到这里以后我才知道，汤加住人的岛屿除汤加塔布岛以外，还有瓦瓦乌、哈派、埃瓦三大岛。我连他具体在哪座岛都不知道，说出来只会显得自己很白痴。

我问：“其他日本人来这里都是为了找人吗？”她说因为这里有几十位国际志愿队队员，他们的家人和朋友常常会来这里留宿。话说，有段时间正也也提出过想参加志愿队的想法。

“我是因为公寓整修，有阵子必须搬出来住，所以才决定不如干脆带孩子出来度个假。”

“欸，真好耶。也打算去斐济和萨摩亚吗？”

她的意思是没事不会有人专门跑来汤加？

“嗯嗯，是呀，到处转转。”

我没撒谎，首先我没说我们要去萨摩亚，其次转机时我们在斐济确实住过一宿。

“去离岛的航班不太多，你要注意点儿噢。”

“好的。”

我背起旅行包，向屋内走去。

“啊，对了。”呐哦咪像是想起来什么似的搭话说道。

“要小心野狗噢。白天它们倒是很乖，但夜里常常会袭击人。假如没打狂犬疫苗，更要多小心呢。”

我怎么可能打那种针？再说我们的滞留时间也不足一周。

“有狗。”

花恋不安地抬头看着我。

“别怕，我们汪汪地把它吼回去就行了。”

我们来到了二楼的混居房，进去后才发现是一间四人房。

看来我们是第一拨入住的房客，也就是说，这里被我俩包下了。我决定睡里侧靠近窗户的两张床。宾馆没有附带晚餐，但好在一楼有厨房，我决定去做点儿吃的。

市场对面应该有超市。对于野狗袭击人这件事，我仍然觉得难以置信，不过还是谨慎为好。

“花恋，妈妈要出去买点儿东西，你在这里睡觉吗？”

“我也要去。”

花恋再次背起她那已经卸下的帆布背包。

“我们只是去趟超市，不用背包。”

“好——”她匆匆忙忙地放下背包。

我告诉前台女孩梅蕾我要出门买东西，她边说“带上这个”，边递给我一根将近一米的长棍。我问这是什么，她立马

“汪汪、呜……”地发出令人觉得可笑的叫声，紧接着，她唾液横飞地“嘘嘘嘘”了几下，做出用脚边棍子赶跑东西的动作。

直接说这是驱狗的棍子不就好了。

她满脸得意地问我听懂了没，我道谢后接过木棍，然后顺带询问道：“梅蕾用英语怎么解释？”她说是玛莉。我忽然觉得，这个国家叫梅蕾的女孩一定也很多吧。

超市的货架上摆满了从新西兰和澳大利亚进口的商品。转了一圈，发现黄油很便宜。不过这里自然不卖饭团和便当。我想了想木棍该如何处理，后来索性叫花恋拿进了店，看看四周，压根儿没有拿这种东西来购物的。

“花恋，你想吃点儿什么？”

“炒面。”

对了，吃炒面就很好。塞米西也曾给我们炒过……在店内找了一圈，却没发现炒面用的面。意大利面倒是有，酱料的话选择烤肉味应该会最合适吧。而且也没有卷心菜，猪肉全是一大块一大块地卖，没发现肉丝。如果有鲣鱼干和海苔，那就真是奇迹了。

“炒面被驳回。”

我将意大利面和罐装肉酱放入购物篮。

“还有这个。”花恋拿了盒 Bongo 点心。

“看来你很喜欢这个嘛。好吧，放进来吧。”

花恋连日语平假名、片假名都不认识，自然更看不懂英语字母，但她却一个人跑到零食区找到了她想要吃的东西，真是很机灵呢。即便放任小孩不管，她也能有所成长吧。

我陆续将水、一种名为 Timutamu 的巧克力饼干及橙汁放入篮内，然后去收银台结账。

走出超市，马路对面有两条瘦弱的眼神恶毒的流浪狗，它们似乎正在观察我们这边的情况，但好像没有要冲过来的意思。我不禁想起了刚才在超市看见的大块大块的猪肉，如果买了那个的话，估计它们会立马飞扑过来吧。

此时太阳已渐渐西斜，但马路对面的大海似乎不是日落的方向。

从定位来说，汤加的首都相当于日本的东京，但这里仅需半天就能转个遍，真是个狭小的国家。然而，我却不知我想见的人身在何处。这里既小又大，既大又小。

"花恋，听妈妈说，我们要不要去别的岛看看？说不定可以看见鲸噢。"

"鲸？"

花恋歪着个脑门，难道她不知道什么是鲸吗？虽然我不记得自己有指着图片或照片教她这是鲸，但鲸可是很大众化的生物呀。我以为她多半在电视里见过。另外，就算我带她去动物园或水族馆，估计她长大也不会有什么印象，所以一直没带她去。

我和正也一同去过一次水族馆，我以为那是我第一次去水族馆，但在欣赏海豚秀时，恍惚间有股以前曾来过的模糊记忆浮现在脑海。

海豚秀会场的入口和出口是分开的，出口处有贩卖纪念品的商店，父亲在那里买了一个小小的海豚布偶给我，另外还买了一个附带把手的塑料海豚玩具给弟弟。收到礼物的我明明喜出望外，但一旁的弟弟打开玩具开关，塑料海豚发出“哔咯哔咯”的音乐声的同时，浅蓝色的海豚开始发光打转。目睹这一幕的我顿时心生羡慕，想借过来摸摸看，可弟弟却碰都不让碰，火冒三丈的我顺手推了他一把，后来被母亲骂得哇哇大哭。这就是我的记忆。

那是上小学时的事了。尽管这是段和父亲一起出游的宝贵回忆，可我对水族馆里有些什么样的鱼、看到这些鱼后跟父亲交流了些什么完全没印象。

所以花恋也一定会立马忘掉，包括观鲸在内。

清晨醒来，我发现另一张原本空着的床有使用过的痕迹。从新西兰有半夜抵达汤加的航班，估计是新到的客人吧。据早起的花恋反映，新房客是位来自日本的姐姐。她是来这里找人的吗？

毕竟每个人旅行的动机都不一样，要是是个有趣的人，晚上就和她聊聊天吧。

我和花恋走出宾馆，沿着海岸漫步到港口。

导游图上写的是乘船前往阿塔塔岛，估计就是搭渔船过去吧。看上去像游客的白人有十人左右，日本人则只有我和花恋。尽管汤加在日本很小众，但就全球而言，它应该算是知名的度假胜地吧？虽然这里没有度假酒店，但或许正因为这里充满了隐秘的原汁原味才更有人气。

一艘扬起白色风帆的大游艇驶入港内。紧接着，一个身穿夏威夷衬衫（不知这里是否也这样称呼）的汤加男子走下船说："这艘船是去阿塔塔的。"他的衬衫样式是红色底搭配白鸡蛋花图案。

"花恋，我们要搭这艘船过去噢。真是太酷了！"

"嗯！"

我们兴高采烈地登上游艇，离开海岸没多久，花恋突然在甲板上呕吐起来。无论电车还是飞机，她的身体都没不适过，在搭乘从机场到市区的出租车时也没晕车，看来船只的晃动另当别论呢。我本想坐在游艇前方宽敞的甲板上一边吹吹海风，一边尽情享受碧蓝色的大海，但考虑到花恋的呕吐臭酸味儿可能会破坏白人游客们的度假心情，所以只好转移至游艇后方的小甲板，呆呆地望着深蓝色海中被船只划过的道道白浪。

大海非常宽，非常大。我现在到底在干吗?

走下游艇，大家开始分头前往自己想去的地方。白人们似乎打算去浮潜，对噢，都来到这南国海岛了，我怎么没想到游泳这件事呢?不过我还有要事在身，再加上花恋也不会游泳。

我在附有前台服务的中央小屋买了瓶水，递给花恋叫她喝水缓一缓。与此同时，一位名叫安娜的汤加女工作人员帮我们在椰子树荫下展开一张躺椅，并邀请我们躺下休息。花恋横躺在椅子上，两眼轻闭。安娜又递给我一个用干燥树皮编织而成的团扇，示意我使用。而我却露出一副“要用它干吗”的疑惑表情，然后安娜举起团扇，冲花恋扇了几下。

原来如此啊，我接过团扇，“呼呼呼”地使劲儿朝花恋扇了几下。安娜说这样扇不对，然后一把从我手中夺过团扇，只见她缓缓地温柔地给花恋扇着凉风，就像在轻轻抚摩空气般。好好好，我明白了，我按照安娜的教法刚扇了一下，她就夸赞我说:“赛!”意思与“Good”大致相同。顺带说一下，安娜用英语表达的话读作“安”，看来汤加也有很多安娜。

安娜又去帮我搬了把椅子，她时不时地将视线从前台后方抛向我们这边，我只好马不停蹄地给花恋扇风，渐渐地，花恋在平稳的呼吸声中睡着了。话说，我是公主的奴婢吗?

“要是没有花恋就好了……”

我只能唉声叹气，但好在此时安娜走向我，说在花恋睡醒之前她可以帮忙看顾，并叫我好好出去玩一下。世上怎会有这么好的人呢？既然是度假酒店，又有服务人员愿意帮忙照顾小孩，那会不会收我小费呢？为了聊表心意，我掏钱递给安娜，但她委婉地还给了我。

“因为这里是友善之岛。”我想起宫田老师曾对我说过，在英国统治管辖时，英国人是这样形容汤加的。

话虽如此，但我该干点儿什么呢？我来到沙滩，沿着海边漫步。走着走着，前方出现了一家开放式酒吧，于是我决定进去喝点儿东西。

刚走至吧台前，身后便有人搭讪道：“你跟我同住一家宾馆吧？”回头一看，是个白人男子。虽然我对他没有任何印象，但他长得又高又帅，笑容也很迷人。他问我喝点儿什么，我反问他有什么推荐，于是他点了两罐啤酒。待啤酒一上桌，他便立即递给我一罐。绿色的啤酒罐上写有VB两个字母，是澳大利亚产的啤酒。我们选择了一块靠海最近的椰子树荫，并排坐在躺椅上，一起干杯。阳光下，微微的啤酒苦涩味竟让人心旷神怡。

大白天在外喝啤酒，内心却没有丝毫的罪恶感。眼前是汤加海滩及宽阔的太平洋，还有一眼望不尽的晴空及璀璨的太阳。椰子树叶替我们遮挡阳光，柔和的海风正轻抚着我的脸颊。如果不在这儿喝啤酒，那定然是世上最大的傻瓜。

他介绍自己名叫托尼，是名住在加拿大温哥华的系统工程师，之所以来汤加，是为了提前享受圣诞假期。

“我叫 Kyoko，也是来这里度假的。”我如此介绍道。

我们一起喝着啤酒悠闲地眺望大海。

我买来第二拨啤酒，是种名叫“IKARE · TAHI”的汤加本地产的瓶装啤酒。托尼问我试没试过口味，我说我还没品尝，这时我们才发现两瓶啤酒的分量存在细微的差别。一瓶的上限距离瓶口一厘米左右，另一瓶则距离瓶口三厘米左右。

托尼拿起酒量较多的那瓶说：“为了它们的随性干杯！”就这样，我们再次举瓶干杯。比起罐装啤酒，直接对着玻璃瓶口“咕咚咕咚”地喝更令人感到散漫痛快。被汤加语意为海鹰的这款本地啤酒，既不浓郁又不清淡，非常适合什么都不想的时候享用。

我问托尼：“你不无聊吗？”托尼笑着说：“我本来就是来享受无聊的。”还有，他说世上没有比无聊更奢侈的事了。

是呀，正如他所说，花恋出生后的这五年，我忙到根本没有时间无聊。工作时也是不停地狂喝，像这样和某个人一起优哉游哉地喝酒聊天的记忆已消失在远方。

“那我是否妨碍你了？”我问托尼。

“一个人是孤独，两个人在一起却什么都不干才是奢侈，不过什么都不干可不包括接吻噢。我的啤酒比你多，所以还是不太公平，还你一半如何？”

就在觉得托尼很会说话时，他突然又变得斤斤计较起来，我有些失望地点点头。他含了口啤酒，然后从我的唇缝间缓缓吐流至我嘴内。想来我一定是在做梦吧?

我说：“是不是还我还得有点儿多了？”于是，这次轮到我口含啤酒，一点点送入托尼嘴内。等两个人的酒瓶都空空如也时，托尼站起身说去问问住宿的木制小屋有无空房。

凑巧的是，安娜牵着花恋走过来了。

“妈妈，我身体恢复了噢。花恋肚子饿了。”

魔法瞬间被解开，我从梦中醒来。我站起身，对托尼说好好享受无聊吧，然后带着花恋走向餐厅。

“汉堡包好大呀！”

花恋说。

我也深有同感，但就连一句“是的呢”都无心回应。

然而，托尼在返航的游艇上问我明天要不要一起去哈派，还说可爱的小女孩也可以一起去。为了防止晕船，一上游艇便立马闭眼躺下的花恋，给予了我和托尼一起欣赏夕阳沉入海面的美好时光。

返回宾馆，呐哦咪正和一位日本女生在一起。好像是和我同屋的人，年龄比我小一些，应该是位大学生吧，她说她叫

Marie。在我看来，独自旅行是一件轻松随意的事，可她全身都散发出一股苦闷之气。坦白说，我不喜欢这种人。

就算她来这儿事出有因，也不该对初次碰面的人摆出一副“请注意我有心事”的神情呀，为何不用微笑掩饰一下呢？

“你好，毬绘小姐。我叫杏子，杏树的杏。这孩子叫花恋，是一个恋上鲜花的五岁小女孩。我们母女二人正在度假中，是不是很优雅？”

“花恋妹妹受伤了？”

你这是什么牛头不对马嘴的回答？——我暗自吐槽道。我分明如此友好地跟你做自我介绍，你却说花恋受伤了……她一定连一滴关西血统都没有吧，再说她所谓的受伤，只是右脚脚背上的一个小小刮伤而已，至于这么大惊小怪吗？

“因为她来这里后就一直打赤脚呀。没关系，没关系，睡觉前妈妈都给你贴了创可贴的对吧，花恋？”

比起伤口，花恋的注意力全集中在 Bongo 上。趁忘记之前，我得赶紧把去离岛的事告诉呐哦咪。她问我：“是去瓦瓦乌吗？”我回答说：“去哈派。”虽然托尼也想去瓦瓦乌观鲸，但因航班，我们决定先去哈派。

“那可以和毬绘一起噢。真是太好了，杏子的英语很流利，你要是有想去的地方，可以让她带你去噢。”

呐哦咪对毬绘说。我为何要带这样一个不靠谱的人去呢？

花恋就已经很碍事了，不，且慢。

我可以让她帮我照顾花恋，反正她似乎也有事想要拜托我，这样就两不相欠啦。

“那就拜托你了！”

毬绘低头谦虚地说。

“不要这样拘谨嘛。”

我哈哈大笑着回答说，可毬绘却露出一副困扰的表情。为了迎合气氛，她只是稍稍扬起嘴角而已。也许我也曾这样微笑过，但为了我和花恋的二人生活，我每晚都像个傻子一样陪酒赔笑。渐渐地，即便不是工作场合，我也只会这样浮夸地笑了。

不过，哈哈大笑还是胜过一脸苦闷吧。

★

翌日上午，我们四个人出发前往哈派群岛的利富卡岛。当天下午，我和托尼两个人转道至哈派岛。这是托尼的提议。

尽管我多少有些迟疑，但一想到自己这五年来是多么不辞辛苦，便打算趁机好好犒劳自己一番。

虽然没看见鲸，但浮潜时我们看到了很多热带鱼。

另外，我们吃了很多龙虾，还有西瓜和菠萝。

弃花恋于不顾的两日后，我在瓦瓦乌岛酒店接到来自呐哦咪的电话。

她说花恋进医院了，还说毬绘的钱包被偷了。

我跟托尼要回钱包，急匆匆地赶回利富卡岛。

花恋看上去并无大碍，不过貌似差点儿得了破伤风。因为我没带她打预防针。

病房中，我被一个初次见面的比我还小的男生教训说我是一个不负责任的母亲，还被毬绘打了两下。

即便如此，他们最终还是原谅了我，因为花恋一整晚都在呼唤我。

我向花恋道歉，然后一起返回汤加塔布岛。

★

打第一次会面，我就很羡慕毬绘。

她在完全按照自己意愿行动的同时，还被呐哦咪照顾着，而且我还要帮她。她的英语很差，却并不因此感到自卑。她的神情似乎在告诉大家，她是带着使命来到汤加的，她是被命运牵引到此的。

毬绘与我年龄相差不大，可我在她这个年纪时经历了怀孕、独自生小孩、把花恋养大成人等一系列苦不堪言的烦恼。

我羡慕她有人守护照顾，我羡慕她不用承担成人的责任。

我想让她帮我照顾几天花恋也好，给我些自由的时间不是很好吗？只要让花恋出现在视野范围内即可。

我将花恋视作一件行李。

“但现下说来你可能难以置信，我从未有过抛弃她的想法。只是碰巧手上的水泡破了，没法提，我想在行李落地之前请人帮我拿一下。”

我让花恋睡在另行预订的双人房床上。呐哦咪说收到了从日本寄来的美酒，问我要不要一起喝一杯，但我不想离开花恋，于是我们直接在房中聊了起来。

“毬绘似乎也有她的苦衷吧。杏子怎会来到汤加呢？即便真的是来度假，但这里可不是什么非常热门的旅游国家噢。”

“我本是想来找人的。我以为知道对方叫塞米西就能找到他，是不是很傻？”

呐哦咪并没笑话我。

“是个怎样的人呢？”她问。

我将十五年前在神户遭遇地震、失去父亲、在M高中避难、在避难所的生活十分艰辛，但有一天一个名叫塞米西的人给我带来幸福心情的事，全都告诉了呐哦咪。

“塞米西会允许我们续餐，但在那之前，他们会说这样做不公平，无论大人、小孩都只能领取同等分量的餐食，即便有剩的也会扔掉。是塞米西对本部的人说这样做很奇怪，他有办法公平分配。你知道他是怎么分的吗？”

“先让三岁以下还想续餐的小朋友领餐，然后是五岁、十岁，要是准备得不够就道歉说明天从十一岁的小朋友开始发放。但如果轮到大于十九岁的，发放顺序就得再回到三岁。”

“你怎会知道？你……”

为何哭了？——我没能问出口。但我预感奇迹就要发生了。

“还是去我房间说吧。没关系的，对花恋来说，环境越安静，她才能睡得越香甜。”

呐哦咪如此建议后，我帮花恋重新盖好毛毯，然后我俩走出房间，来到位于同楼层的呐哦咪的房间。

呐哦咪打开房门，在亮着灯的房内……

我看到了塞米西。

我在放有大量塞米西照片的屋里，将心中所有关于塞米西的回忆说给了他的妻子呐哦咪听。

在塞米西做的饭菜里，我最喜欢炒面。虽然只是用普通酱料、面条炒出来的，我却无论如何也做不出那个味道。当时十岁的我在孩子里算是年长的，因此我本该尽量不要第二盘，可炒面真的太好吃了，禁不住诱惑的我总会想要续餐。伴随着一句“请用”，热腾腾的面条递至眼前，稍微有点儿炒焦了的面条很像仙贝，味道更是一级棒。

“那个呀，因为他放了加有海带的鱼粉高汤调料[1]。”

呐哦咪帮我揭开了炒面的谜团。

“可我去超市没看见鱼粉高汤调料呀。”

“汤加自然没有这种东西卖啦。他们甚至压根儿不懂何谓高汤、何谓鲜味，正因如此，塞米西才会那么喜欢高汤，而且喜欢做什么都加进去。”

“原来这么简单呀！”

塞米西还邀请避难所的孩子们观看橄榄球赛。一般来说，从神户到大阪搭出租巴士只需三十分钟左右，但那天却花了三个小时才到体育场。看了场企业队球赛后，又花了三小时返回避难所。

令人讶异的是，大阪就像什么都没发生一样平静，唯有我们居住的地方与世界发生了断绝。“为何只有我们？”尽管被孤立的不公平感在内心泛滥，但一想到灾民吃穿不愁也算是一种抚慰了。

“他说想给孩子们转换下心情，可我为了帮塞米西处理工作已是焦头烂额。此外还要安排出租巴士、和比赛主办方沟通能否免费允许灾区的孩子们观赛，反正一直都在东奔西走就对了。”

1　鱼粉高汤调料：一种用鲣鱼干粉做成的日式调料，可用作炖汤、炖菜。

塞米西似乎是为了开发汤加旅游才前往日本的，但与呐哦咪的相会是在别处。

“除转换心情以外，观看比赛不仅让我们变得朝气蓬勃，还给予了我们生存下去的能量。我不懂橄榄球的比赛规则，也和参赛的球队没有任何渊源，但一旦我决定要给某一个队加油时，就会从心底里大喊加油、加油！那其实是在给自己和家人打气吧。”

“我想这样足矣。当时我也跟着去了，看到孩子们回去时的神情与来时截然不同，我打心里感到欣慰。”

“啊！在去时的巴士上有一位苗条的美女给我们发点心果汁，难道说……”

“这个就不用再说下去了。”

呐哦咪笑着打断我。换言之，我们各自送走了自己刚刚逝去的十五年岁月？可塞米西的时间早在三年前就停止了，去世的原因好像是癌症。

“告别的那天，塞米西和我们每一个小朋友拉钩，给了我们每人一张汤加的照片。”

“是哈阿塔湖海滩的照片吧？它位于汤加塔布岛西侧，是塞米西最喜欢的地方。他说想把温暖的太阳传递给冻得打哆嗦的孩子们，经多番考量，最后决定用这张照片做礼物。”

“我从那张照片中获得了数之不尽的温暖，那是我的宝物。

但对我而言，太阳是塞米西本人。”

“谢谢你能这么想。但塞米西是这样说的……”

塞米西对呐哦咪说：

——孩子们是太阳。

当孩子们失去灿烂，这个地方的农作物就不会成熟，也无人聚集，无法形成城镇。无论发生多么绝望的事，只要孩子们阳光灿烂，这个地方必将迎来崭新的未来。

“塞米西通过电视了解到灾区孩子们的情况后就一直坐立不安，在不知自己能帮上什么忙的状况下就急匆匆地奔赴日本。他的目的只有一个，那就是让孩子们重拾过往的灿烂。病发后，他每天都在床上度日，常常念叨不知那时的孩子们现在过得怎样。有些孩子应该长大成人了吧？大家都在灿烂地活着吧？是否已成为让下一代孩子心生灿烂的大人呢？”

顿时我觉得非常惭愧，因为我一直认为是花恋夺走了我的灿烂美好，竟不知其实是花恋给我带来了诸多光热和温暖。在我们分开的这几天，我想和花恋一起看看过的热带鱼。还有那些龙虾、菠萝，如果是和花恋一起享用，一定会更美味吧！我觉得当下的心情很空虚。

最无法原谅的是，我夺走了花恋的温暖与灿烂。

“实话说，我觉得现在的杏子很糟糕，但我相信你会做出改变。我和塞米西没能生下一儿半女，但如果有孩子能感受到塞米西的那份心情，我会非常开心。因此，请一定让我知道杏子今后将如何成长，还有你将如何养育花恋。”

在这个位于太平洋正中央的小国，虽然没能见到想见的人，但我邂逅了他珍爱的女子，我必须感谢这个奇迹。今后我必然还会遇到想要逃避、自暴自弃、推卸责任的时候，但有个人会一直看着我。

虽然这样说有点儿恐怖，但看着我的这个人是一个宛如巨大烈日般的人……

“下次请带我去哈阿塔湖海滩吧，和花恋一起。”

“如果杏子愿意做便当的话。”

这就是呐哦咪的条件吗？这里的超市有大米、金枪鱼罐头和蛋黄酱，但没见到海苔。花恋会说我捏的饭团好吃吗？

尚美姐，我有话想对你说，所以执笔写了这封信。但或许我只是太想念你了吧。

我们的相遇是在复活节来临前两周的一个周六下午，我单手拿着从市场买来的带壳儿的椰子汁，无所事事地沿着海岸行走。正打算随手将椰子壳扔在椰子树下时，后方传来“等一下”的叫喊声，叫住我的人正是尚美姐你。当时你牵着一条大黑狗，我以为你会责骂我，就立马先行赔礼道歉。

“不对不对，只是因为不想吃椰肉就扔掉的话太可惜了。”

借此机会，我向你坦白，那时见到你我还误以为你是拥有一口白牙、擅长日语的汤加人。你晒得黝黑，身穿当地女性喜爱的绿底、印有白扶桑花图案的连衣裙，头发扎成一束，并用圆珠笔插成一个丸子，但我会这样想并非因为你的外表。

而是因为你的身姿与周围的景色完全融合在一起。

在汤加的日本人，无论多么随性，都给人一种裹有一层透明塑料膜的感觉，似乎一碰就会发出“啪哩啪哩”的清脆响声。但我没在你身上看到那层膜。

你看上去不像国际志愿队的人，也不像旅行者，估计是在这里生活了很久的缘故吧。我有些失礼地从上到下打量你，你从我手中拿走已吸干汁水的椰子壳，然后说了声“帮我拿下”，便将遛狗的绳子递给我。接着，你双手举起椰子壳，冲脚边最大的石角用力砸下去，一下、两下。

后来我在荣获推理小说新人奖的作品——《碎骨之声》中，用文字有声有色地描写出了女主人公杀夫时手臂浮现青筋的模样，那完全是受你启发，不知你自身有无察觉?

裂成两半的椰子壳内侧覆有一层半透明的果冻状的果肉。我接过半份椰子壳，跟你一样用手指挖出那层果肉送入嘴内，果肉的口感比我想的还要Q弹，顿时我的脑海浮现出曾在日本吃过类似东西的情景。

“这是椰果。”

“答对了。”

我一边回忆迄今为止自己扔掉了多少个残剩椰果的椰子壳，一边津津有味地猛吃椰果。你问我是否来自志愿队，我囫囫咽下嘴里的果肉，点了点头。

“听说今年三月过来的新队员里有人会修缝纫机，你能帮我介绍下吗？”

我用黏糊糊的手指了指自己，然后你直接带我前往位于海岸路稍内侧的你的家。虽然只是初次碰面，可你一点儿也不介意，将修理缝纫机的事暂且抛到一边后，我们从傍晚开始聊了一宿。

看见客厅的书架时，我超级兴奋。因为尚美姐收藏的国外推理小说数不胜数，而且还都是原文书。我坦承自己对外语完全没有自信，然后你选了一本借给我。

“这本书非常有趣，但遗憾的是还没被翻译成日文。目前市面上只有英文版，你就凑合着看，或许能全部看完呢。”

虽然你在试图鼓励我，但你心里应该以为我会立马放弃吧？经过一番功夫，我将我翻译好的全部笔记拿给你看，正是这段经历引导我走上了小说家这行，但关于这点我稍后再谈。

尚美姐之所以急着修好缝纫机，是想赶在复活节前的周五，即耶稣受难日那天做出一件黑色的连衣裙。

我对你说：“对复活节，我只知道画彩蛋祭祀。”然后你就问我要不要一起去参加游行。听上去貌似很好玩，但偏要穿黑色的连衣裙出席，我压根儿没想到自己会在汤加穿丧服。

当天天气炎热到难以忍受，虽然穿着丧服，但你说只是游行，所以我以为是一场轻松的活动。但到现场后才知道，活动的形式是一批青年在大街上边走边将耶稣被钉上十字架直至身亡的十四幕故事一一表演出来，而游行的队伍紧随其后。起初那些短剧倒是还蛮吸引我的，但看到中段时感觉站得很累，结果我仍不知耶稣到底是怎么死的。

游行中，我因贫血晕倒，你把我背回你家，让我睡在刚洗好的床单上，还给我做了法式吐司及菠萝汁。厚实柔软的吐司片中富含香甜的鸡蛋、牛奶，超级美味，而我放下叉子，只说句抱歉后便跑回了家。

当时我没告诉你，我之所以跑掉是因为想起了立花静香……

静香是我大学音乐剧同好会的友人。那是个刚刚创立的小型同好会，小到连社团办公室都很难找到，我拿着比小朋友做的寻宝图还要简单的宣传单好不容易才找到地点，包括我在内，同学年的社员只有三人。

我个人偏向于欣赏，与我不同的是，静香的目标是参加演出。就读于音乐学院声乐系的她拥有一副好嗓音，歌声特别动人。有一次我建议她说："没必要特意参加活动内容不定的同好会，如果去甄选，说不定马上就会被剧团录取。"而她却如天使歌唱般地说："社会可没这么好混噢。"然后轻而易举地岔开了话题。

另一位同年级的学生名叫增田泰代，她跟我一样，加入社团的目的是欣赏，但她就读于音乐学院乐器系，非常擅长钢琴和小提琴。泰代伴奏，静香歌唱，这是我每周最期待的事。

同好会的活动尽管一周举办一次，但我们三个一个月会聚两次左右，一起开心地小酌吃饭。静香的出生地是奈良，泰代是鸟取，我是冈山，我们三个人均来自外县市，都独自一人生活。静香和泰代的单身公寓位于有特急列车经停的阪神西宫站附近，而我则住在只有几班普快列车经停的阪神武库川站。我入住的公寓名叫“枫叶庄”，是栋房龄五十年的木造两层小楼，而且距离阪神武库川站有一定的距离，需出车站后沿小河向北步行十五分钟。因此我们聚会时常以西宫站为据点，唯有我必须注意回家的时间。

大二秋天的某个夜晚，我们三个人笑得比平时夸张一百倍，其实我们也不知道自己在笑什么，但我们就是一边哈哈大笑，一边行走在平时没有走过的路上。走至小到连名字都没有的海边，将那里当作我们的剧场，开始引吭高歌。

或许你会觉得难以置信，但我们真的没喝一滴酒。

那天傍晚，泰代突然说想吃咖啡店的那不勒斯式意面，于是我们开始从西宫站前的商店街闲逛，一直逛到位于商店街深处、勉强只能通过一辆自行车的小路，紧接着再有意无意地朝着大海的方向前行，只要遇到路口我们就随意地拐弯乱走一通，最后终于发现一家原本是白色但现下已是灰色的、墙壁布满爬山虎的咖啡店。从店外看不出是否在营业，抱着试一试的心态，我们推门进店询问。一位长得如仙人般的大叔回答我们说："店里可以做那不勒斯式意面噢。"就这样，我们拜托他下厨做给我们吃。

或许你会嘲笑我词汇量贫瘠，甚至怀疑我是怎样在职场摸爬滚打的，但大叔做的那不勒斯式意面只能用"很好吃"来形容，非常美味！

不过，搞不好面里加了什么独特的调料。之所以这样说，证据就是我们一直在笑个不停。再加上空中悬挂的圆月，也许我们真的中了什么邪。因为连我都开口唱歌了。

尚美姐应该最清楚，我其实是个音痴。

静香唱完《猫》的*Memory*后，泰代立马跟风说她也要唱，随即她唱起了《巴黎圣母院》的*Think of me*。她的嗓音清澈，音高精准，虽然没有静香那么余音绕梁，但也很厉害了。

我没有缘由地认为，此时此地我也能像她们一样把歌唱好，我自告奋勇地举手表示自己也要唱。在她俩的起哄声中，我唱了《屋顶上的提琴手》的*Sunrise Sunset*。刚唱一句，她俩就纷纷夸奖我说："搞什么嘛！你这不是很会唱吗！"这首歌之所以能不跑调，是因为我脑海中有另一个声音在主唱，而我只是跟着在唱。

尽管我跟尚美姐提起过这件事，但当时互联网在汤加还没被普及，不知后来你看了吗？剧中，*Sunrise Sunset* 这首歌是在三姐妹中的大姐结婚时唱的。我记得一共有三段，第一段是父母唱的，第二段是大姐夫唱的，第三段是姐妹们唱的。关于这点，我记得不是很清楚，在此说声抱歉。毕竟这部作品我只看过一次。但高中音乐课时，这首歌倒是常常拿出来唱，因为我们老师很喜欢音乐剧。

我唱完第一段，泰代接棒唱第二段，然后是静香，最后合唱的地方由我们三个人一起唱。海浪声如同声势浩大的掌声，紧接着，那来路不明的哈哈大笑的气氛如退潮般消失，不过漂浮的空洞中充满了温暖的空气。我们怀着愉快的心情离开海边，三个人一起向山脉一侧走去，沿着大马路回到车站，但末班车早已开走。

当晚，我去静香的公寓借宿。因为泰代有个半同居状态的男友田中，所以不方便打扰。静香的公寓大楼非常漂亮，她的房间在三楼，这是我第一次造访她家，屋里陈列有大量音乐剧及电影录像带。我们自然而然地抽出录像带《屋顶上的提琴手》，欣赏完后，连被子都没铺就倒头大睡了。

翌日清晨，我在一阵香甜味儿中醒来。静香正在烤法式吐司。

"抱歉，法式吐司马上就烤好喽。"

身段高挑的静香从头到脚散发出聪明伶俐的大小姐气质，早餐吃法式吐司还挺符合她的腔调，但令我难以想象的是，静香竟然亲自下厨！不过，系上红格纹围裙，一边哼唱*Sunrise Sunset*，一边站在平底锅前烤吐司的模样才是她真实自然的样子。我睡眼惺忪、头脑迷糊地望着她，越看越沉醉，原来她是个这么楚楚动人的女孩呀。

"假如我是男生，一定会喜欢上小静。"

小静，我如此称呼她。顺带说一下，我不太擅长对别人直呼其名。然而，此时的我正大口大口地咬着热气腾腾的法式吐司，当下我与她的距离应该比以往任何时候都要亲近。

"不是吧？"

静香淘气地笑了。我很纳闷儿，难道自己在说什么很好笑的话吗？

"你是不是喜欢一个唱*Sunrise Sunset*唱得很好的男生？"

你怎么知道的？——无须追问，静香应该察觉到我整个人瞬间变僵了。我拼命在脑海中回想，我们每次见面都会聊音乐剧，但几乎没谈到过《屋顶上的提琴手》。更何况昨晚是第一次唱*Sunrise Sunset*，唱完我也没说这是我最喜欢的歌曲，更没提及喜欢的理由。

或许，一直以来静香都在以高我一等的态度观察我吧。一想到这里，我不禁毛骨悚然。搞不好她一直都很轻视这个明明既不会唱歌，也不会演奏乐器，却口口声声强调自己很爱音乐剧的我。

“音乐课上确实有个男生很会唱这首歌，但我没有因为这个喜欢上那个男生。严格来讲，我和他几乎都没说过几句话。”

这完全是事实，因此我不会因被静香看穿而感到害怕。静香也只是敷衍了事地“哦”了一声。后来我拿起叉子继续吃法式吐司，虽然有些凉了，但依旧美味。不过一直到吃完早餐，我也没对静香说一句“好吃”。

正如尚美姐无法收到这封信一样，面对静香，我说不出“好吃”这句话。

我为何不能坦率地夸赞美食好吃呢？就算别人对我说了什么贴心的话，我也会怀疑对方是否发自真心。和朋友一起度过快乐时光时，我会质疑开心的人是否只是自己，一旦这种心思开始泛滥，我就觉得很空虚。即便有人对我说慰劳的话，我也会告诉自己这一定是出于社交礼貌。

我一直没为法式吐司向尚美姐致谢，我常将“抱歉”挂在嘴边。但直到年过四十，我才领悟这句话无法代替“谢谢”，更无法将“喜欢”“会珍惜”等心情传达给对方。真的，我到这把年纪了才彻底有所醒悟。

然而尚美姐没有嫌弃这样的我，第二天我带着和同事一起做的番石榴果酱低头向你道歉，你却这样叱骂我："因为我家有切尔西，就算食物有剩也不会浪费，但别人端出来给你吃的东西，一定要全部吃完噢！"

写到这里，我才想起你家狗狗的名字。这让我深刻意识到，那时鲜明的记忆实则存在很多被遗漏的细碎。如果我没记错的话，切尔西是一条一岁的小母狗吧，它吃芋头、西瓜，给人一种无所不吃的感觉。你没有问我："昨天怎么了？是不是想起什么伤心的事了？"你知道我心里有多感激你吗？

尽管我口是心非地夸赞切尔西很棒，但你早已看穿我故意摆出一副过去的事就让它过去，其实内心巴不得被人问起的小心机。

"别因为一点儿丢人的事就无法释怀，你还年轻。再说，我可一点儿也不觉得国际志愿队的年轻人有什么了不起，因为大部分的人都是为了自己来到这里的。但我也不是说以为发展中国家尽一点儿微薄之力目的来到这里的人就很伟大，或为了逃避一些事情躲来这里的人就很逊色，重点在于你要在这里做什么。"

你曾如此煞费苦心地安慰鼓励我，可我心里的烦恼迟迟挥之不去。我刚来汤加不足一月，难以相信这个地方会有人需要我。

话说，我到底是为了什么才申请参加国际志愿队的呢？如果一定要回答，我还是会以那场震灾为由。不，打一开始，我就是为了写这件事才提笔的。

我的开场白还真是够长的……

阪神·淡路大地震发生于一九九五年一月十七日。

当时我是兵库县西宫市的一名大四学生，我住在一栋老公寓的一楼，透过窗户能望见武库川河堤。

我就读于生活学院服装系，虽然当时正值泡沫经济膨胀期，就职非常困难，但我非常幸运地被丸福百货公司内定录取，该百货公司的主要经营地区位于关西。

学业、兼职、同好会——现在回首，有生以来的好人缘似乎全聚集在大学时代，周围净是些温柔的好人，我的大学生活与“人生暑假”这句话完全吻合。

大学时代之所以过得很愉快，也许是因为我不用逃避讨厌或合不来的人吧。无论小学、初中还是高中，明明可以弃那些与自己合不来的同学于不顾，但那种怎么也甩不掉的讨厌鬼总是会出现在我生活中。无论如何躲避，我们还是要共处一间教室，被分到一个小组一起活动的情况更是时常发生。如此一来，我只能说服自己放开心态、接受事实，等进入社会更是无法摆脱。

可我的大学生活却好比一场自助餐，爱吃什么就吃什么，完全按照自己的节奏、意愿生活。然而，正因为我是这样想的，才做出了无可挽回的事。

我想按照那日事情发生的先后顺序说给你听。

那年我就读的大学的毕业论文交稿截止日是一月十七日晚上十二点，我在十六日上午便已写完，但与我住在同一栋公寓的同班同学黑田郁子只完成了一半，不管如何加班加点，她一个人是铁定赶不出来的。于是，我和另一位也住在同一公寓里的同班同学笠井美香一起带着自己的文字处理机来到住在二楼的郁子的房间，我们三个人围着小小的暖桌，通宵达旦地拼命敲打键盘。

我们没有空闲聊天，最多也就是重复几句“我饿了”“有剩炖菜噢”之类的简短对话，但对帮郁子这个忙，我没有丝毫怨言。每天清晨，我们几乎都会一起骑自行车上学，还有三个人一起在公寓吃火锅，我身体不适时她们会煮粥给我喝，我们有时会通宵聊各自喜欢的男生，有人失恋了就陪她借酒消愁。虽然没到家人的地步，但对我来说，她们是最值得依靠的人。大四快毕业时，郁子和美香也都在老家找到了工作，我和她们的美好生活即将被画上句号。一想到这里，不管让我做什么，只要三个人能在一起，我就会格外珍惜。

凌晨四点多，赶论文的工程暂告一段落，预计再写两小时就能完成了，此时嘴角自然而然地开始微微上扬。除我以外，她俩都有正在交往的对象，听她们汇报完与男友的近况后，话题开始落到我身上。

“你给那个男同学打电话了吗？”

“没，还没打。我应该不会打。”

一个月前，也就是一九九四年年底，我在做兼职的地方偶然邂逅了一位高中男同学。我打工的店是家名为“鱼鱼鱼”的连锁居酒屋，地址位于JR大阪站附近，店内价格亲民。一到十二月，就连非周末店内也是客满无座。作为大四学生，原本开始减少轮班的我，十二月也要每天出勤上班。虽然店里的宗旨是以笑容活力饱满地待客，但我只顾上菜，已忙到无暇逐一看清顾客的长相。我一直重复不停地端菜，在给一群聚集在一起开聚会的十来个大学生端饮料时亦是如此，我的视线几乎都落在餐桌上。

不，其实并非如此。我最大的缺点就是不大和别人的目光对视，平时也一样。

我希望顾客能自己将酒杯一个个传过去，但事实是我得一个个摆好。当我绕着餐桌将啤酒杯放在每位客人眼前，直至服务到倒数第三人时，突然有人喊道：“土居同学？”无须抬头，我即可猜出声音的主人是谁。

“啊，高原同学。”

我回答的语气像是我们每天都见面一样熟悉，但实际上我们已四年没见过面了。“欸！不是吧？你怎么会在这里？真是太巧了！”换作其他同学，即便不怎么熟，多半也会这样寒暄几句吧。

“你在这里做兼职吗？”

高原同学也用淡淡的语气询问。我“嗯”了一声，将啤酒杯放在他旁边及旁边的旁边的人面前，然后说了句“请慢用”后就退下了。回到厨房，心想为何会在这里遇见他呢？瞬间，我的心跳开始加速，真后悔刚才至少应该说声“最近还好吗”或“现在在做什么”。我决定下次给他们那桌服务时至少要对他微笑一下，但意外的是店里的人叫我赶紧去洗碗。

但不到五分钟，我又觉得这样也好，因为他见到我也不一定有多开心。方才他的举动，只是出于碰到熟人打个招呼而已吧。

等我再次回到大堂，高原同学所在的那拨人正打算离开。——谢谢惠顾！我按照规矩大声送客，这时高原同学突然转过身，我们四目相对。

然后他向我走来，将一团类似纸屑的东西塞在我手里，又以几乎要被喧哗声淹没的细小声音对我说：“可以的话请看下。”转眼，他已快步走出店门追赶他的同伴去了。

我张开手掌，那是一小片从香烟盒上撕下来的纸头，上面写有一个电话号码。我将其夹在笔记本内，小心翼翼地带回家，本想立马给他打电话，可又不知说些什么好，于是我跑上二楼。

“他应该是从高中时就喜欢上千晴了吧？”

郁子和美香各自单手端着奶茶，兴奋不已地猜测道。但她们越是乱想，我却越冷静。不一会儿工夫，我便得出了结论：他只是遇到农村的同学，以防今后要开同学会，想顺带交换一下联系方式罢了。

“要是他真喜欢我，高中的时候就可以向我表白呀，从头到尾一点儿迹象都没有，而且……”

当时的毕业纪念册上印有通信录，如果有意向，毕业以后也还是能联系的——我向朋友们断言道，与此同时也在努力说服自己不要抱有期望。直到今日，那张写有电话号码的纸片还一直夹在笔记本里，没有被拿出来过。

然后一直到那天黎明来临前，我们都没再提起这件事……

“可你的生日就快到了，邀他出来吃顿饭不也很好吗？我们可以在你生日第二天聚。”

郁子说。我的生日是一月二十日，她们打算吃火锅为我庆生。

“你是说邀他出来给我过生日？我才不要这样呢。”

“你别想太多啦，如果他对千晴你有意思，那你在生日那天约他，他应该会很高兴的。千晴总是这样，什么事都考虑周全。你别管他以前是怎么想的，反正现在好不容易遇到，以后搞不好就喜欢上你了呢。”

美香补充道。

“可四月以后也不知会被分到哪里工作，等确定在关西地区再打吧。但我记得他重考了一次，所以他的学生生涯还有一年。两个人的生活节奏不同，见面也会不那么方便吧？”

“正因为你老这样，所以才没人能踏入千晴的领域。”

郁子边伸懒腰，边略带调戏的口吻说，我顿时有种巨石沉入胃中的不快感。我想反问郁子你这话什么意思，但又有点儿害怕，最后我只好一边装作没听清，一边深深地伸了个懒腰，然后看了眼墙上的钟。

已经凌晨五点半了。

“我们是不是要抓紧时间赶工？”

如此说完，三个人再度默默地对着各自的文字处理机，突然……

“轰隆”一声，如爆炸声响起般，正当我心想“东西掉地上了”的一刹那，灯光灭了，犹如天翻地覆的晃动开始了。

起初是横向，紧接着是纵向——很多人这样描述当时的情景，但我完全没有心思分析这些。在七平方米的狭窄房间里，能藏身的家具唯有一张暖桌。但三个人同时躲底下是不可能的，我们以迅雷不及掩耳之势分别抓起垫在屁股底下的坐垫，将其盖在头上，然后蜷缩着身体蹲在地上。我们就像三颗丸子般紧挨在一起。

玻璃破裂的声音、大型家具倒下的“咣当”声、人们的叫喊声……公寓内外充斥着各种声音。郁子用颤抖的声音嘀咕道：“妈妈。”美香则喊着男朋友的名字：“〇〇君，快来救我！”

我……没有想起任何人。即便听见建筑物断裂的“吱吱嘎嘎”的响声，我也不认为房子会就这样倒塌。因此我没有向任何人求救。不，应该说我的人生中没有一个能让我求救的人吧。

我计算了下，地震持续了四十多秒，但我心里却有种震了很久的错觉。五分钟、十分钟，甚至更久。当我们确定地震终于停止，三个人相互看了看，稍稍抬起头，当上半身完全挺直，我们围成一圈抱着彼此的肩膀大喊：“真是太好了。”郁子站起身说我们出去吧，美香接着说必须赶紧行动，我跟在她们身后，心想这时该出去吗？我们在走廊及楼梯间与其他房间的人会合。此时公寓大楼的部分墙壁已崩塌，如水沟般的巨大裂痕直接暴露在外。我们胆战心惊地逃出了公寓。

住在周围的居民也都大批量聚集在户外。在“好恐怖”“好吓人”之类的惊叹声中，我听见有人问说：“有人受伤了吗？”站在昏暗的天空下环顾四周，有些房子出现了局部房瓦坍塌，看上去真是惨不忍睹，但好在没有听说谁家房子全倒下或有人受伤的消息。一月中旬的黎明前夕天寒地冻，几个身穿睡衣的孩子被冻得口吐白气，彼此靠在一起直打哆嗦。

这时，一位自称是街道委员会会长的大叔拿着手电筒走过来了，他说："这附近的建筑物基本安然无恙，大家可以进屋去了。"我们听从他的指挥准备返回自己的房间，然而郁子拉住我的胳膊说："一楼损伤比较大，我想还是待在二楼比较安全。"

我重新凝视端详才发现，我房门旁的墙上有一条宽度近一厘米的裂痕，裂痕从走廊一直延伸至天花板。与此同时，脚底又出现晃动，那时的我不知道地震后还有余震。待震动停止，我打开房门扫视了一圈室内，虽然书架、衣橱都被晃倒了，但好在没太大损伤。我利索地抓起不用加工即可直接啃咬的面包及巧克力，匆匆忙忙跑出房间，直奔位于二楼的郁子的房间。

我们三个一起分吃从房间带出来的粮食，在昏暗中填饱肚子后竟担心起郁子的论文来。因为停电，文字处理机无法使用，而且我们全都还没打印出来，于是我们开始认真商讨假如到截止时间，即晚上十二点还不来电的话要怎么办。

一直呆呆地坐在屋里也不是办法，为了收集地震新闻信息，我们三个人来到附近的便利店，给家里的收音机购买二号电池。

走入店内，发现货架的陈列乱七八糟，可能是因为商品都从架上震落，店员只好先随手捡起乱摆一通吧，不过好在商店没有因此关门暂停营业。收银台前长队如龙，大家的购物篮内都塞满了矿泉水、面包等应急用品。目睹这一幕后，我们才意识到自己有多么神经大条，因为水、电、燃气全都停了。

尽管电池还剩几组，但水、茶、能量饮料、饭团、小菜、面包等这类饮食品全都被一抢而空，小吃、点心及饼干也全都售罄。我们三个人各自买了瓶好歹还残剩在冰箱里的两升装的葡萄柚汽水，以及类似柠檬水、QQ 糖这些无法填饱空腹的零食。这种时候，在货架一角发现鱼肉香肠才是最鼓舞人心的事。

排队付款时，听见有人说“震源地好像是淡路”。周围的人追问是大阪的淡路还是淡路岛，但似乎无人知晓到底是哪个。但他们的对话让我意识到，这次的地震比自己想的要严重很多，而且受灾范围也很宽广。

回到公寓，打开收音机后了解到的情况愈加令人心神不安。本次地震的震源地是兵库县的淡路岛，神户、西宫、伊丹等地也都观测到了大幅度的摇晃。我们公寓“枫叶庄”的所在地即西宫市，虽然灾情听上去很恐怖，但就在广播人员播报说接下来很有可能会发生强大余震时，我们的公寓又开始发出微微震动的响声。此时此刻，我们才恍然大悟毕业论文什么的根本不是眼下最紧急的事。

我们三个讨论了下接下来的对策，因周围铁路等交通设施陷入瘫痪，我们无法逃到远一点儿的地方避难。最终三个人的统一意见当务之急是该确保水源，我们各自回到自己的房间，拿出水壶、水桶等容器，跑到外面看哪里能找到水。

有很多人正在收拾整理碎瓦砾片，街上的人相互交换着地震信息。听他们说，往西数千米外的老建筑一排排全都倒塌了，很多人不幸身亡，甚至还发生了火灾。

我们边走边讨论在公寓过夜是否安全，要不要去小学等避难所，最后决定等下午看看情况再说。走至一户人家门前，见有二十余人正在排队，打听他们在等什么，说是这户人家有口井，主人愿意把井水分给大家。于是，我们也跟着厚脸皮地排起了队。然而，我们不好意思给所有的容器都装满水，经过一番斟酌，只在水桶内注入了井水。回程的路上，我们在武库川用水壶打了壶河水，这才回到公寓。

是去避难所呢，还是留在公寓里呢？其他房间的人也都来到走廊，大家打着商量的间隙，突然响起一阵欢呼声。原来是常夜灯亮了。因电力恢复的速度出乎意料，我们决定留在公寓。忽然，不知从哪个房间传出“电话通了噢”的高呼声。我立马回房，但我屋里的电话听筒依旧安静无声。

后来我才知道，假如区码后紧连的号码是四三即可接通，换作四一就不通，因此同一区也会有不同的状况发生。住在二楼的她俩的电话都通了，我只好跑去郁子家借电话联系家人。

“咦？千晴那里也地震了？你没事吧？倒是你神户的叔父现在迟迟联系不上，你帮忙试着联系看看？”

这是母亲的第一句回话，我说我这是借朋友电话打的，然后很快便挂断了。因电力得以恢复，我们三个一起聚在最先整理好的美香的房间看电视。公寓上空不停传来直升机滑过的响声。

电视正在播放公寓倒塌及火灾现场的画面，死亡人数一直在持续增长中。我们非常恐慌忐忑，尤其不知接下来会发生什么，但谁也没说出这股情绪。

就在这时，电话响了。接起电话的美香在辨别出对方声音的一刹那忍不住“哇”的一声大哭起来。她看上去一直都很坚强，可一听到男朋友的声音，紧张敏感的情绪顿时缓解不少。顺便说一下，美香的男朋友住在大阪。“没关系，我没有受伤，但我好害怕。”美香以想要依靠对方的声音说道。目睹这一情景的郁子突然起身离开了房间。半小时后，郁子回来了，虽然眼睛红肿，但表情很平静，她应该也刚给住在大阪的男朋友去过电话并得到鼓励了吧。郁子的男朋友和美香的男朋友就读于同一所大学，并且关系要好。

前几十分钟的我尽管很害怕，但不觉得寂寞，可当下我忽然被一股突如其来的不安所笼罩，就像自己被单独留在风雨飘摇的大海里般。既无人担心我，也无人可供我依靠。即便如此，我仍告诉自己，能有一起共渡难关的朋友也是一种幸福。

就在我们早早用电热水器烧好热水，各自吃着之前买好的泡面时……

“明天清晨，我男朋友就会开车来接我们噢。”

郁子向美香使了个眼色后，有些愧疚地说。

“千晴，你要是在大阪或京都有熟人的话，要不要一起坐车去？”

美香如此提议道。老家位于兵库县以西的我们这时还回不了家。

“谢谢！但我没关系。明天应该也有人还会留在这栋公寓里吧？”

我寻思这栋住有二十多个女大学生的公寓总该不会都有人来接，住户的长相及名字我全都记得，万一发生什么意外，大家应该会齐心协力想办法的。

“我们来玩扑克吧。”

我不敢说比这句更长的话，因为一旦说出口，那好不容易才堵住的情绪会变得一发不可收拾。在尴尬的气氛中，我们于晚八点铺好床准备就寝。细细想来，前一晚我们就在通宵，本该早就犯困想睡，现在却只是觉得脖子以下很疲惫，脑袋却异常清醒。

熄灯躺下，闭上双眼，直升机的声音在耳畔萦绕，好多好多架，没法数清楚。这些直升机既不在灭火，也不在搬运救援物资，多半只是在上空拍摄悲惨的灾后现状。更甚者是，不到半小时便发生了余震，就像是被这些轰隆声招引而来似的。一想到不知该如何面对明天，眼泪就顺着脸颊往下滑。

翌日清晨，作为早餐，我们三个人吃了吐司、泡面和鱼肉香肠。打开电视机，死亡人数正以几十、几百倍的速度递增。我们望着桌面无言地吃着早点，电视突然传来惊人的消息：今天开始，阪神电车恢复梅田、甲子园路段的运行。

这意味着我不用等别人来接即可自行离开，她俩心怀顾虑地看了看我。

“既然电车恢复运行了，那我也去投靠高中的朋友吧。”

我佯装开心地说。她们也都替我感到高兴，并给予支持地说：“去吧去吧！挺好的呢。”虽然通信录里有四个住在大阪、京都的同学，但高中毕业后就再也没见过。然而，这句话就算撕破我的嘴我也不会说出来。我假装自己是电视剧主角，在内心跟自己说“她俩能在大阪安心避难就好了”。

可最先离开公寓的人竟是我。

来接我的是一个同在“鱼鱼鱼”居酒屋打工的朋友，她叫菊田良美。半年前，她来过一次我的公寓，我很讶异她竟然还记得地址。她背上的大帆布包内装有数不清的热乎乎的饭团，正好也给公寓里的其他人分了些。虽然我已用过早餐，可菊田带来的散发着浓郁酱油味的干木鱼饭团美味到令人胃口大开。

菊田向拭着泪水称赞饭团好好吃的人们投去衷心安慰的眼神，紧接着对我说："我从昨天开始就一直很担心你，电话半天也打不通。正想说一大早骑自行车过来看你时，新闻里说电车开通了，于是我就飞奔过来了。"

她说她本想坐更早一班的电车过来，但阪神梅田站人山人海，在错过三班电车后终于挤上了第四班。

"小千，如果你不嫌弃的话，从今天开始就住在我家吧！我父母也让我带你回去。"

其实当时我连菊田家住哪里、是一个人住还是和父母同住都不清楚，突然跑到自己都不了解的人家里避难不知是否方便，所以我没法立刻回复菊田。

"千晴，你就去吧。"

朋友们这样劝说道。我低头向菊田行礼，请她多多关照我。随后我匆匆忙忙地将必需品塞入回老家时常用的背包里，和朋友们拥抱握手道别后，与菊田一同走向阪神甲子园站。

徒步至车站大约花了三十分钟的时间。菊田问我这两天有没有吃饭，基本生活是否得到了保障，我将朋友房内电话恢复、分到井水、屋内来电的事一一说给她听。听完，菊田用手拍拍胸口，大声感叹说还算幸运。

我和菊田虽不在同一所大学上课，但我们是同届。不过菊田开始做兼职的时间，正好是我为了求职减少轮班的那段时期，正因如此，我们几乎没怎么说过话。就算这样，在步行至车站的这三十分钟及在车站前排队等车的两小时内，我莫名地觉得我们彼此非常亲近。

“在居酒屋打工的大伙儿都很担心你噢，大家给你打电话却怎么也打不通。”

听完她的这席话，我才意识到虽然自己的朋友圈不止一个，但之前我压根儿没把做兼职的这个圈子放在心上。

菊田住在大阪高规市，她的父母见到我后纷纷表示热烈欢迎。晚餐时，大家围着热乎乎的火锅，菊田一家不停地招呼我多吃点儿，还帮我夹菜。看到这些，我的鼻子忍不住酸酸的，泪腺更是濒临决堤。

“你想住几天就住几天，千万别客气哈。”

恭敬不如从命的我拜托他们让我住两晚，因为电车恢复运行的速度似乎比我预想的要快，我想再过两天，即便绕点儿路，往西去的路线至少也会有一条被疏通吧。菊田和她的父母都邀请我多住几天，但我不好意思一直打扰人家。我跟他们借用电话，向家人汇报被菊田一家照顾的事。

明明只有一天没洗澡，心里却有种好几个月没洗澡的错觉。躺入浴缸的我的身体，瞬间放松不少。

翌日我睡到将近傍晚才起床，虽然什么都没干，肚子却饿得咕咕直叫。菊田一家给我准备了寿喜烧及散装寿司。菊田的叔叔劝我待到新干线恢复再回家，于是我又给老家打电话说要在这里继续住两晚。家人告诉我说接到了增田同学及高原同学的问候电话，此外他们已将菊田家的电话转告给了增田同学。这里所谓的增田同学就是泰代。我很庆幸自己平安无事，但当时我的脑海里全是高原同学。

菊田他们劝我先洗个澡，正当我躺在浴缸内心想为何高原同学会特意打电话到我家时，门外传来菊田的声音。他们家的电话就摆在浴室所在的走廊间，我绝对没有偷听的意思，只怪菊田的说话声真的太大了。

“昨天我去了小千的公寓。原本我很担心，但好在她安然无恙，她吃了我做的饭团，超级开心。有干木鱼、梅子和鲑鱼口味。因为我做多了，就分了些给公寓里的其他人吃。还有人吃到流泪，或许我不该这样说，但我很高兴。这起灾害的严重度可谓前所未有，假如我袖手旁观岂不是很丢人？唉，我什么忙都帮不上，真是太空虚郁闷了。最后我无法坐视不管，就把小千接到了我家住。但我不知道自己的做法能否令她打心底里高兴，我觉得她在强颜欢笑，我是不是连一个朋友都帮不了呢……没有啦，我所做的根本不算什么，你过奖了噢。我对自己的无能感到生气。话说坂口前辈，你觉得我能为小千做点儿什么？”

我知道她在和谁通电话了，是那个和我们一起做兼职的比我们年长一岁的男生。十二月我回去打工时，听一起工作的人说菊田正在追坂口前辈。

“我觉得说出来会轻松些，所以问了她很多，但她都只是冷冷地回答几句。有点儿那种‘你住在大阪，不会了解我们的惨状’的感觉，可我家也发生了剧烈的晃动啊。镜子等家具全都倒在地上，非常恐怖……欸！坂口前辈，你误会我的意思了。是啦，平时大家都说我的性格很像男生，但这次我真的吓得差点儿哭了。”

如果发出水声，估计她会发现我在偷听。为了以防万一，我只好静静地泡在热水中。正因为闷太久，所以才会想吐吧？

“我说，下次三个人一起吃顿饭如何？我们多鼓励鼓励小千，有家店我觉得还不错，我们两个可以先……”

我再也忍耐不了了，在猛地站起身的同时，发出了巨大的水声。

“嗯，我再打给你哈。”

菊田似乎挂断了电话。可下一秒电话铃又响了，就像是一直在等她挂断电话般。说不定菊田挂掉电话是因为听到有人打进电话的插播声，但那时的我压根儿没想这么多。

菊田接起电话，然后一边复述电话号码，一边将其记在了本子上。我走出浴室时，她将号码交给我，纸上的留言是泰代希望我尽快回电。

她一定很担心我吧？憨直的我边这样想，边给泰代回拨电话……电话中，我得知了静香的死讯。

“孝顺的孝字，有孩子挖土的含义。也就是说，孩子要在父母去世时负责埋葬他们。你们要争取活得比你们的父母更长久，然后好好孝顺他们。”

这是静香葬礼后，她母亲对我和泰代说过的话。关于葬礼，我想就此打住不提，但还有件事我必须告诉你。静香的遗体损伤得很严重，所以她的棺木没有在除她父母以外的人面前打开，就直接被火化了。

泰代在我从菊田家回拨给她的电话中只是轻描淡写地说了下要事：“静香死了。葬礼在一月二十日下午一点举行，地点是她老家奈良。如果你能出席，我们当天中午十二点半在 ×× 站碰面吧。”仅此而已。我估计静香的死多半是因为地震，但我无法想象具体发生了什么。

我问菊田：“我要出席朋友的葬礼，能否借你的丧服穿一下？”菊田听此消息后不停地流眼泪，她哭着说：“如果有我能帮上忙的地方，请尽管说噢。”菊田的父亲帮我查了下路线，第二天菊田开车把我送到高规站。为了送我到检票口，她还特意把车停入了停车场。

站前转盘处有两个女生正手拿铃鼓伴奏唱着歌。

她们的歌我从没听过，很有可能是她们自己原创出来的曲目吧。正当我边这样想，边从她们跟前经过时，歌曲进入间奏，她们开始演说旁白。

“我们身边有很多正在受苦受难的同胞，让我们一起把爱传送给他们吧！大家购买 CD 的钱，我们会负责捐赠出去！”

这话什么意思？——在我的厌恶感油然而生之前，菊田紧皱眉头在我耳畔说：“竟然利用震灾赚钱，真是太可恶了。”

我没有接话。“你回来时我会来接你的，所以你从那边车站出发时记得给我电话。不管几点都可以，要好好跟你的朋友道别噢。”菊田如此说。与此同时，她的上半身正跨过检票口倾向站内，双手则不停挥摆着送我离开。

葬礼结束，傍晚我们从静香家走出来时，泰代问我有没有时间稍微聊一下。于是我们走进站前一家速食餐厅，在这里，我才知道静香是被倒塌的建筑物压死的。

“是那栋公寓？”

我回想起曾住过一宿的那栋公寓，不仅房龄较新，还是栋时尚漂亮的钢筋建筑，而我住的“枫叶庄”根本没有资格与其相提并论。此外，静香的房间位于三楼，据电视新闻报道，通常都是一楼受灾最严重。

“具体情况我不太清楚，但听说一楼做成停车场的公寓，从中间楼层坍塌的概率较高。”

这也是电视新闻里说的，可因此牺牲的人却是静香！虽然葬礼已结束，但我仍然无法接受。

“千晴，还活着的我们算什么？为什么静香死了，我们还活着？你说，这是为什么呀？”

如同决了堤般地不停发问的泰代眼中并无泪水，她那双清澈迷人的大长眼红肿红肿的，这说明她的眼泪早已哭干。

“我不知道。但我觉得静香还在这附近注视着我们。”

我直接将葬礼时自己的内心所想说了出来。我一直觉得静香会在我们身旁的某个转角探出头来。

“啊？你在说什么？奇幻故事吗？灵异事件吗？我真不该问你这些问题。没见过遗体的人是不会明白的。”

泰代以责备的语气说。话说，泰代你不也没见过遗体吗？——我连忙打消脑海中浮现出的想法。不过，能看见遗体的地方并不仅限于葬礼。

“那天你为何没来？”

我无言以对。那天的我压根儿没有担心别人、赶紧确认朋友安危的念头。我觉得自己才是受害者，脑子里在考虑的全是我需要别人关心、帮助。

往西数千米的地方情况很严重，我明明听到了这个消息，但我竟没想起静香和泰代，更没担心她们是否安然无恙。

“我们是朋友吧？假如你问我我人生中最快乐的时候是哪天，我会回答说是我们三个在海边唱歌的那天。静香也说那天是个特别的日子，但对千晴来说难道不是吗？”

“那天我也很快乐呀。”

我不由得大声坦白。

“那为何发生了那么大的事，你也不来帮忙？你为什么要丢下我们，自己跑到安全的地方避难？地震刚停，我就赶到静香那儿去了。”

那是因为你们住得近——话已到喉咙口，却被我硬吞了回去。问题不在于距离，而在于人性。

在以地区为单位汇总受灾状况时，常以河流为界，比如淀川以东、武库川以西等。如按这个原则来说，我正好处于受灾最严重地区与较轻地区的分界线上。

如果我有担心的人，我可以前往靠近灾区的内侧，即便电车停止运行，骑自行车也是能到的。不管路况多么糟糕，不用两小时即可抵达。

而事实是我在车站排了两小时的队，逃去了外侧。

“对不起！可是……就算我去了也无能为力。”

“你这是什么话！你是想说你能俯瞰一切，对那些无所谓的事只需袖手旁观吗？”

泰代有必要怪罪我到这种田地吗？就算我为这件事感到内疚，但也无法接受她的数落。不过好在泰代就此打住，否则我可能就要在她的伤口上撒盐了。

“自卫队不会营救已经死去的人。”泰代继续说。

泰代看到静香的房间倒了，就去附近寻找有无人能营救，但她被逃到户外避难的公寓居民拦住了。她能做的，只有站在马路上大声呼叫静香的名字，然而没有回应，也许在房间倒塌之前静香就逃出去了吧。泰代揣着这丝希望，去邻近的小学等避难所寻找静香。可哪里都没有静香的身影，她再次返回公寓。

晌午过后，泰代听说自卫队出动了，于是她继续回到街区四处奔走，终于发现自卫队队员后将他们带往公寓，并向对方说明朋友被活埋在房子下，希望得到自卫队的解救。然而——

“上面说优先救活着的人。”

我不清楚他们还对泰代说了些什么，可即便如此，泰代仍一直待在公寓前希望遇到愿意救静香的人。约傍晚时分，一波余震猛烈袭来，留在公寓里的居民劝她赶紧去避难，因为这栋公寓有可能继续坍塌，这时泰代才回到了自己的公寓。为了填饱肚子，她独自一人在停电、停水、没燃气的房间里干咬泡面。夜里更是裹着毛毯一宿没睡，在为静香祈祷的同时，漫长的黑夜过去了。

与她处于半同居状态的男朋友田中同学，在地震发生前巧遇成人节放假，暂时回京都老家探亲去了。可翌日，他就赶到了泰代这边，他坐电车到阪神甲子园站，然后从车站步行了两个小时。说不定田中同学和我曾在甲子园站擦肩而过，我们分别是一个从外侧到内侧的人和一个分明不用离开却毫不犹豫地从内侧去到外侧的人。从这一点来看，泰代认为我“逃走了”的想法也是情有可原的。

泰代和田中同学一同前往静香的公寓，直至黄昏，消防队员才终于将静香的遗体搬出建筑物。随后遗体被送往一座小学的体育馆，那里被暂定为震灾遗体安置所。

“由于棺木不够，静香被裹在一条小小的毛毯里。她那头光滑的长发，已经变得脏乱不堪。”

泰代和田中同学决定要为静香做些什么，他们回到泰代的公寓拿了把梳子，在附近还营业的商店里买了束花，然后回到安置所。首先泰代给静香梳好头发，然后为其供奉上田中同学从老家带来的纸盒装苹果果汁及花束。

“适合供奉的菊花等花都已经卖完了，供奉玫瑰或许有些不敬。”

这时，静香的父母在接到公寓管理公司的联系后赶来了现场。

“他们说谢谢我帮静香收拾整理，但其实他们不用对我这么客气的。”

后来，静香的父母用车载她回家了。

“第二天，我去了千晴的公寓，我以为你之所以没来找我们是因为你的公寓比较旧，说不定情况也很糟糕。我一直祈祷希望你平安无事，可你那儿就像什么都没发生过一样，而且公寓里的人说电车刚通你就第一个走了。”

尚美姐，那时对着泰代，我真希望自己能就此消失。我毫发无损地活着，这令我惭愧到无地自容。

“可葬礼期间你一直在抽泣呜咽，搞得伯母还要来安慰你。无所谓的人在那儿哭得死去活来，以至于真正难受的人都无暇痛哭。”

所以尚美姐，那时我只能对你那么说。

我讨厌别人问我是哪所大学毕业的，因为一旦他们知道我就读过兵库县大学，再加上简单的年龄推算，十有八九会问我震灾的事。

“虽然我在西宫市，但我们那儿的电车翌日就恢复运行了，我也因此得以平安避难。”我的回答仅限于此，绝不会多说半句。然而在对方回应说“你真是不容易啊”之后，还继续描述自己当时情景的人，通常都是在分界线更外侧的人。

他们会说“我家也摇得很厉害”“连杯子都摔碎了”“后来坐电车，对电车的震动都感到敏感”等感慨句子，可我每次都强忍住吐槽，默默地听着。

相比之下，国际志愿队的成员来自日本各个地区，基本上都是以县为单位询问对方来自哪里，而我每次都回答老家所在地冈山县，因此几乎没有人会联想到震灾这个话题。我没记错的话，尚美姐你也问过我同样的问题，后来我们还聊到了濑户大桥。

然而在我即将回国的某一天，和尚美姐提到曾见过什么名人时，我一不小心列举了三个阪神的职业棒球选手。你知道我大学时住在甲子园球场附近，便问我是否和理惠子同校。

因突然听到刚好和我擦肩而过的回国者的名字，我大吃一惊。但仔细想想，身为队员的松本理惠子与尚美姐有所往来，也是情理之中的事。我之所以会报考国际志愿队，也是深受理惠子的影响。

这件事我稍后再写……

当我回答不认识理惠子，但我们同校时，尚美姐立马接话说：“那你也遭遇过地震吧？”为了就此打住话题，我刻意地引导说：“请别再提地震的事了。我不了解灾区内的情况，所以没有谈论震灾的资格。”

听完，尚美姐抱歉地说：“对不起，我不该问你这么不愉快的事的。”可应该道歉的人是我！我不仅嘴上表示拒绝，甚至还流露出了求救的眼神。

我也曾对高原同学投去过同样的眼神。

后来，田中同学来接泰代了，就像是算好了她向我发飙需要多长时间一样。临走时，田中同学对我说“路上注意安全”，可泰代连看都没看我一眼。

我独自一人搭上电车，此时窗外已是一片漆黑。我忽然想起忘记给菊田家去电话，那时手机还没普及，即便很耽误事，但我也只能等电车到站后再打。

坐在晃晃荡荡的电车内，我的脑海中一直在反复回味泰代的话。

我逃走了。我很佩服泰代为静香所做的一切，也能理解她的痛苦。可与此同时，我又很羡慕她。羡慕她可以为了朋友不惜劳苦地奔波付出，羡慕她生命中有如此重要的朋友。

虽然泰代也来找过我，但就算我住在泰代附近，想必停止地震的那一刻，她也会第一时间奔去静香那里吧。我不是泰代最好的朋友，她的好友是静香，而静香的好友是泰代，我在她们中间只不过是起到了一个“+1”的效果。这种想法在地震发生前很久，即我们在同好会相遇时就产生了。我与郁子、美香的关系亦是如此。

这种现象不仅限于大学时代，我所属的朋友圈成员几乎最少都有三个人，我希望能有人说我是她最好的挚友，哪怕说这话的只有一人。我一直怀揣着这个希望，但我不知该怎样才能遇到这个人，也不知该如何建立彼此唯一的关系。

就算遇到了想要成为好友的人，也真正成为朋友，但那个人一定会选择别人做最好的朋友。这个想法一直围绕着我。为了安全起见，我常常会在无意识间趁还没受到伤害之前后退一步。不，其实这与后不后退没有关系，因为我就是一个不会被人爱的人。

我觉得自己如同一个大型垃圾，没有任何价值，但希望有人能捡起我。不管怎样，我多少都能起到一些作用的，拜托你们了……

抵达大阪站后，我没有换乘开往高规方向的车，而是走出了检票口。我来到一个电话亭前，从包内掏出笔记本，摁下了记在香烟盒碎纸片上的电话号码。

我转乘环状线，穿过陌生的车站检票口，高原同学正撑着伞在那儿等我。他把打开的伞递给我，又撑开另一只手中握着的雨伞替自己遮雨。

“说欢迎回来似乎有点儿奇怪。雨下得挺大，我们赶紧走吧。”

我无言地点点头，一路小跑紧随其后，忽然脑海中响起了*Sunrise Sunset*，而且还是高原同学的歌声……

高三的音乐课基本上都被占用为自习课。即便如此，学校仍有每节课开始前唱三首歌的规定，或许是为了刺激大脑吧。

老师会根据当天的心情选择高一、高二时学过的音乐剧曲目发歌。正巧有堂课既无期末考试也无笔试，老师即兴说要考唱歌。曲子可从老师列出的歌单中自选一首，歌单一共有五首歌，而 *Sunrise Sunset* 正好就出现在第一学期的歌单中。

考试的形式由老师伴奏，而且必须在全体学生面前演唱。大家按照学号顺序出场，男生优先。高原同学演唱的曲目是*Sunrise Sunset*，当时我正埋头翻看着英语单词本，但刚听到第一句便情不自禁地抬起了头。是谁呢？是高原同学吗？原来他的嗓音是这样的啊？我和升入高三后才成为同学的高原从未打过交道。

那不是学过声乐的人的嗓音，也没有感觉到特别的感情投入。环顾四周，几乎每个同学都低着头。为何大家不觉得惊讶呢？他的嗓音明明如此感人。起初我还在替高原同学打抱不平，但渐渐地，他的歌声在我脑海充斥膨胀。然后，当歌声及伴奏结束，回过头来大喊“下一个”的老师留意到了我。

"土居，你肚子疼吗？"

我完全不理解老师在说些什么。

"还是说高原的歌声把你感动哭了？"

哭？真是不明所以。正当如此想时，我用手指揉了揉双眼，顿时指头上沾满了泪水。而目睹这一切后，讶异到不行的人是我自己。这世上会有哭了自己却毫无察觉的人吗？

"你是不是又通宵了？"

"啊，是的。"

我顺水推舟地回应了老师的问话，然后以洗脸的姿势揉了揉眼睛。我不敢看高原同学。这件事就这样落幕收尾，可越是遇到这种稍微有点儿尴尬的情况时，当事人就越容易在其他场合不期而遇。放学后，我顺道去了趟书店，走至国外推理小说专区时，高原同学恰巧也在那里。我盘算该说些什么好，可就连"刚才实在是不好意思"这样的话我都说不出口。最后还是高原同学先开了口。

"你为什么要通宵呢？"

我将脸转向书架。

"啊啊，嗯……"

"你喜欢哪位作者？"

“阿加莎·克里斯蒂[1]……那个，其实我十点就睡了。我很喜欢那首歌……所以很抱歉。”

我连忙离开书店。我为什么没跟他说心里话呢？走在回家的路上，我一直在责备自己。从翌日开始，只要瞥到他的身影，我就会不自觉地把目光投向他，但换作近距离的话，我是打死也不敢看他半眼的。直到毕业前的那段时光，我和他一直保持着这样微妙的距离。

我们分明连话都没说过几句，我却在晚上突然打电话给他，说想在他家借住，还借了他的衣服穿。总算安顿好后，我仍旧沉默不语，可高原同学却出乎意料地说：“生日快乐！”

那天是我二十二岁生日，我却把自己的生日完全忘在了脑后。虽然他说“要知道你来，应该给你买盒蛋糕的”，但他根本没有义务帮我庆生。我问他为何知道我的生日，他说因为担心我的安危，就按照毕业纪念册上的号码给我老家去了通电话，接电话的人是我母亲。母亲似乎提了句“估计她也没有心思过生日了”，于是高原同学向母亲追问了我的生日日期。而我能做的，唯有道歉。

“别再道歉了。你有什么想要的生日礼物吗？”

我不知该如何应对，转移视线的同时，看到了靠立在房间

1　阿加莎·克里斯蒂：英国著名女侦探小说家、剧作家，三大推理文学宗师之一。

一角的吉他。

“那你弹吉他唱首歌吧。”

“只是这样？你应该要点儿更……算了，今天就唱歌好了。”

高原同学拿起吉他，但他演唱的曲目不是我所期待的*Sunrise Sunset*，而是小泽健二的……那首歌叫什么来着？他唱过一首名为《因爱与被爱而活》的歌吗？尽管我没有被感动哭，但我仍然很喜欢高原同学的歌声，当他唱完，我情不自禁地拍手叫好。

高原同学没有问及我任何关于地震的事。从服装和随身物品应该也能看出，我刚参加完一场葬礼，但他没有多问。他一边笑着说我有了黑眼圈，一边帮我铺被子。不知为何，我们理所当然地一起并排躺下。关灯后，我们手牵着手。

“我一直在等你的电话，终于接到的时候还以为自己幻听了呢。”

“我……怀疑现在是不是在做梦。要真是梦就好了。”

“欸！什么情况？”

“当我醒来，发现朋友们全都在，我希望她们能催我快点儿打电话。”

尚美姐，那晚我很幸福，虽然那天是朋友举行葬礼的日子。不，时至今日我仍认为那是个特别幸福的日子，就像在海边唱歌的那日一样，或许人生仅此一夜。

翌日清晨，我将菊田的衣服送回她家，并告诉她说我会暂时住在高中同学的家里。菊田说下次有空叫做兼职的人一起出来聚个餐，说完她突然抱紧我，然后在高规站热泪盈眶地目送我离开。

我直接从高规站去了“枫叶庄”，推开一楼的公共玄关，意外地发现信箱里躺着封信。看来即便是这种非常时期，邮局的人也在坚守岗位啊！或许在别人看来这是理所当然的事，但就我而言还是挺讶异的。当搭乘的电车经过武库川时，我会有一种恍如时光停止的错觉，可事实是，时光一直都在流逝。我能感觉到胸口的震动，我不知所措地拿起位于最上面的绘有金色高音谱号的白色信封。

寄件人是……静香。邮戳时间是一月十六日。

“生日快乐！

我们马上就要毕业了，三个人彼此也将各奔东西，虽然有些寂寞，但我们的友情不会就此终结。

很庆幸我们一起度过了人生中最快乐的一夜。

千晴如果遇到什么困难，一定记得联系我噢。无论何时何地，我都会飞奔过来的。

我讨厌千晴的不爽快，喜欢你不撒谎却又爱哭，比谁都顾及朋友的性格。

今后我们也要一直做好朋友噢！”

这封信里还装有一个小小的十字架项链坠子，也就是我每天都戴的那个坠子。

静香本打算考研，甚至胸有成竹地说要在读研的两年期间参加甄选，一定要成为专业的音乐剧演员。而泰代则决定要去她的母校私立高中当音乐老师。尽管以后见面的机会少了，但我们约定在静香登台的第一天，要带着大大的花束去祝贺她。

如果没有发生地震的话，如果没有发生地震的话，如果没有发生地震的话……越是诅咒这场地震，就会越无法原谅那些毫发无损的人利用地震有所企图的行为。比如真想抓住某人求救、自以为正当而采取的一些措施，即便那个人的心被深深地伤害了，而我发现自己也是这类人中的一员。

拿起听筒，连续十七天没有丝毫反应的电话已“嘟嘟嘟”地恢复正常。我摁下前一晚拨通的那个号，决定无论是他接起听筒还是转接留言录音，我都要说出内心的话。然而，在听到转接留言录音的那一瞬，我不由得松了口气。

不过，几秒过后我立马紧紧握住听筒，调整站姿，说出了留言。

“高原同学，如果没有发生地震的话，我可能不会给你打电话。但事实是，一月十七日前我没有打给你。地震让我因祸得福，但我无法让好事在自己身上发生，所以对不起！”

紧接着我给老家打了通电话，告诉他们如果高原同学来电，请不要将我的地址及电话号码透露给他。这之后，我仍继续住在“枫叶庄”，我的所作所为就像一场赎罪。

唯有这件事，我一直犹豫要不要写。如果这封信会被贴上邮票，并寄送到尚美姐你的手上，那我很有可能就不会写了。但这是我后来决定前往汤加的原因，因此我想还是写下来好些。

不上学、不做兼职，在“枫叶庄”度过的每一日，我都会用来看书。两天的时间，我就能看完一本文库本。为了满足阅读的速度，我跑去大阪的大型书店大量购书。原本打算直奔国外推理小说专区，但书店入口附近特设的主题区阻挡了我前进的脚步。书架上并排陈列着两本分别名为《在心中绽放的一朵花》《想要悄悄告诉你的一些话》的书，内容都是那种能治愈大众的逸闻趣事。我想用温馨填补身心的空洞。话说，书能给人带来多少正能量呢？我完全不抱期望地读起了《在心中绽放的一朵花》的开篇故事，它的文字竟深深地吸引了我，以至于我几乎都要听不见书店的背景音乐。

把我拉回现实的是站在身旁向我搭话的人，一个五十多岁穿着甚有品位的女人。

“抱歉，请问你是不是遇到了什么悲伤的事？其实在这次地震中，我失去了一直被我疼爱、视为己出的侄女。她的年龄正好与你相仿，所以我不禁叫住了你。要是方便的话，跟我聊一会儿如何？只占用你喝杯红茶的时间。”

虽然是素不相识的人，但正当我想要回答说“如果有我能帮上忙的地方，愿意奉陪”时，突然瞥见她的夹克衫衣领上别了枚我印象深刻的胸针，于是我骗她说和朋友有约，拒绝了她的邀请。

一周后，泰代突然打来电话。

“我想让你陪我去个地方。”

无论要去哪里，只要泰代愿意叫上我，我都会很高兴。翌日，我和泰代约在大阪车站碰面。在泰代的带领下，我们正走向一家一流酒店的茶餐厅。

“我遇到了一个非常理解我的人，那个人也在地震中失去了重要的人。我向她提起过你，她说要我一定带你来见一面。”

就在我为泰代平静的表情感到欣慰时，服务员正引导我们走向桌位，而前几天在书店遇到的那位女性就坐在那里。看到我的瞬间，她的表情顿时变得僵硬起来，但随后她又立马放松脸部肌肉，微笑着对我说：“我们真是很有缘哪。”

“你们是在书店遇到的？”

我附在泰代耳畔，小声询问道。她有点儿惊讶，回答我说是的。我没有就座，对那位女性说自己肚子疼后，抓起泰代的手腕便匆匆离去了。紧接着，我无言地强行将泰代带到书店前。

“你没察觉到对方是什么人吗？”

“察觉到了呀。可我觉得去那种地方寻求帮助也没什么坏处，你为何这么生气？”

我转身面向书店的主题区。

“他们就是专挑这种地方，以地震为诱饵钓大鱼的。”

泰代沉默了片刻，然后注视着我说：“既然千晴视他们如粪土，那你能帮我吗？”

“只要我做得到的，什么都可以……”

“那唱首歌吧！就唱那首，在这里唱。”

大家把那家书店门前称为关西碰面标志地，虽然现在只是一个刚过晌午的工作日，可店门前的人多到数都数不清。泰代是真的想听我唱歌呢，还是为了试探我的话是否出于真心？可我的歌声不如静香和高原同学，所以心里有些胆怯。但我不想再逃避了。

我闭上双眼，深呼吸，在几百号人面前唱起了*Sunrise Sunset*。歌唱的同时，我想起了那个海边。有人出于好奇驻足围观，但我还是坚持唱完了第一段。非常自然地，一个清澈的嗓音接过第二段，最后我们两个人一起合唱完。

在泰代身后强有力推她一把，让她带着微笑返乡的不是我的歌声，而是大家给突然唱起歌的奇妙女大学生二人组投来的喝彩。

送别泰代后的两日，郁子和美香回到了“枫叶庄”。

她们说看见电视上正在宣传志愿者的活动，认为自己不能袖手旁观。和她俩分开后的事，我一件也没说。只不过在我告诉她们我也想有所作为时，她们用力地点了点头。翌日，我们来到大学，请学校帮我们介绍志愿者团队的工作。我们不仅会帮忙炖猪肉味噌汤，还会给小朋友念绘本故事。

当我得知一个很会做炒面的汤加人塞米西，及名字被刊登在升学就业咨询室求职成功一览表的生活学院食品系松本理惠子，还有一种被称为国际志愿队的职业时，一颗小小的种子悄无声息地飘落在我心头。但一年后种子之所以会发芽，并不十分美好。

倒霉的是，在丸福百货公司大阪分店上班的我，不幸再度遇到了那位在书店向我搭话的女性。我尽量无视她对我的小小刁难，但我只是名普通的员工，而她从很早开始就是百货公司的贵宾，而且人脉宽广，有很多朋友。因此，从某种程度上来说，这也算是一种逃避吧。但在志愿队考试及研修期间，我从未主动提起过地震。

在汤加执教后，我照样很怕提及地震，因为我不想让托地震的福才遇见尚美姐的想法萌生，我不配拥有这样的幸福，所以我逼迫自己坚决不谈。可后来，我也为此后悔过。

其实尚美姐你还记得在厨房与你擦肩而过的我，对吧？这是理惠子告诉我的。正因为你记得，所以才会在汤加海岸叫住我。我明明和尚美姐一起吃过很多顿饭，可为何我没注意到你呢？当时我应该见过好几次你喝完椰子汁后直接扔掉椰子壳的行为啊。

尚美姐，你曾对对宗教心生反感的我说，汤加人为了和逝者沟通，每个周日都会去教堂。听到你这席话的第二周，我就去了趟汤加大教堂。教堂里圣歌队的歌声如同从天而降的温暖的光粒子，滴落在锁骨间的液体冰凉冰凉的，我这才发现自己哭了。我一直认为自己没有哭泣的权利，也一直都拼命忍耐着不哭泣。

尚美姐，你还曾邀请我加入圣歌队，说有朋友邀请你，问我要不要一起。因为我是个音痴，所以迟迟下不了决心。后来你开导我说："你看我，喝酒把喉咙喝废了，五音不全的。"听到你的自嘲后，我才放心地选择了加入。可事实是，尚美姐的假声非常通透明亮，音高更是准到连不懂五线谱的人都能轻而易举地记住你的声音。说到五线谱，汤加的五线谱音符既不是蝌蚪状，也不是do、re、mi，而是用数字表示，这着实令我大吃一惊。

do的代表数字是3，紧接着re、mi分别是往上加1，即4、5。如果是高八度音，就在数字上方加一个点。反之，低八度音就在数字下方加一个点。与那些游来游去的小蝌蚪相比，我似乎与数字更合得来。自从加入圣歌队，我感觉自己好像没那么音痴了。

我和尚美姐还一起做过白礼服呢。第二年复活节庆典时，我身穿那件白礼服加入正式游行的队伍，和大家一起在烈日炎炎下行走。那次我总算没有掉队，走完了全程。你问我想要什么奖励，我抱着试一试的心情拜托你和我一起在教堂唱一次*Sunrise Sunset*。因为汤加的教堂随时都可进入，所以我打算在没人的时候跟你合唱，然而……

在我马上就要回国时，你在我生日那天以有礼物要送我为由把我叫到了教堂。我怀着些许期待，心想你不会是要在今天和我一起唱歌吧？当我抵达教堂，发现圣歌队的人也都在，我在唱完第一段后，你接着唱第二段，然后大家一起唱最后一段。就这样，这次的歌唱变成一次大合唱。

那歌声是我在汤加两年期间最珍贵的宝贝。

回国后，我从事了两三份工作，现在成为一名作家。

尚美姐，我为了学英语，整整翻译完了一本外文书。当我拿给你看，你说虽然有很多成语的意思都翻译错了，但译文本身的节奏爽朗易读，并建议我有机会用日语写点儿东西。

在我向你报告前，你便得知了我荣获推理小说新人奖的事，还在汤加当地时间清晨六点给我打电话。汤加和日本的时差是四小时。迄今为止，我仍常常怀疑那是不是场梦。

我每次出新书，你都会翻阅……然后五年前，你给我写了这样一封邮件。

“你现在的水平可以长期出畅销书了噢。有个建议我一直想告诉你，写一本关于震灾的书如何？即便以震灾为题材出书，现在的你应该也不会反感了吧？如果有这个意向，请联系我，有些人我想介绍你认识一下。”

于是，我见到了小说中的好几位原型，例如毬绘、理惠子、杏子及花恋母女。与此同时，也将她们写入了小说。

如果该书推出单行本，我想把第一本送给尚美姐你。另外，我还想入住集结有你和塞米西梦想的宾馆。

在给我发完邮件的半年后，你去了远方。听说有很多人前去你的墓前悼念。身为一个在南国海岛被你鼓励过的人，我会在复活节前后带着书及这封信去看望你。

最后还有一件事。

你离去后，日本发生了比那时更大的地震。

其实灾难发生时，根本没有所谓的内侧、外侧之分，身在安全之地的我仍然力不从心，无法给更多的人提供帮助。不过我赶到了重要的人身边，就像十六年前那个人为我做的一样，默默地为他打开雨伞。

要说小说能帮上什么忙的话，那便是我日夜都在为自己的没出息而咬唇苦恼。但我绝对不会停下手中的笔，就像地震时期邮局的工作人员一样。

此时此刻，我在继续写着小说。我只想对你说一句：谢谢你……

尚美姐，那次地震已经过去二十年了。

【首次刊载】

乐园《小说新潮》2010 年 5 月号别册《Story Seller Vol.3》

→《Story Seller 3》(新潮文库)

约定《小说新潮》2011 年 5 月号

→《Story Seller annex》(新潮文库)

太阳《小说新潮》2012 年 5 月号

绝唱《小说新潮》2014 年 5 月号